光文社文庫

セント・メリーのリボン

新装版

稲《いな》見《み》一《いつ》良《ら》

光 文 社

目次

セント・メリーのリボン

三十二歳で夭逝《ようせい》した
母・喜美子へ

焚_{たき}

火_び

草むらに足をとられて、丸太のように前へ倒れた。腹のベルトに差していた拳銃《けんじゅう》に肋《あばら》の骨を打ちつけて、思わず呻《うめ》いた。土と枯草の湿った匂《にお》いを、胸いっぱいに吸いこんだ。疲れた体が起き上がるのを厭《いや》がった。枯草の中に、このままつっ伏していたかった。

撃たれた衝撃に後ずさりし、下腹を押さえて斜面を転がり落ちた女の姿がまた脳裏に甦《よみがえ》った。おれに抱かれたまま「逃げて。お願い、死なないで……」とあえぎながら息絶えた蒼白《そうはく》の女の顔が、瞼《まぶた》の裏に焼きついていた。

おれは、のろのろと起き上がった。どっぷりと水を吸ったズボンが、拘束衣のように固く冷めたく下半身を締めつけた。重い足をひきずって、また歩きだした。すっくと背を伸ばした杉の木立ちが風を遮《さえぎ》って、林の中は教会のように静かだった。

目の前の草むらから、パッと跳び出たものがあった。枯草と同じ色をした大きなノウサギが逃げて行った。女が使うパフのような白い尾を、おれは息を詰めて見つめていた。銃を引き抜いて身構えている自分に気づき、独り苦い笑いを洩《も》らした。

お前を驚かせるつもりはなかった。おれは兎《うさぎ》にそう言った。逃げることはないのだ。おれは追うものではない。おれ自身が追われる身なのだと。

高い梢《こずえ》をわたる風があるのか、焼けた針のような赤い松の葉が時雨《しぐれ》のように降った。見上げると、雑木林の間を抜けて、カンと冴《さ》えた冬の青空が見えた。キジバトのくぐもった啼《な》き声が、遠く聞こえた。何もない、何ごとも起こらない静かな時が流れる、静かな空間だった。

木の香《かお》り、落葉の匂い、鳥の声、けものの姿……ああ、この感触には覚えがある。錆《さ》びた空気銃を抱いて、風の音にもおののきながら木立ちの径《みち》を歩いた日が、つい昨日のことのように思い出された。街で暮らした二十年の修羅《しゅら》の日々で、擦り減り薄れてしまった感性だった。

濡《ぬ》れた足が鈍く重い。痺《しび》れて痛苦を感じなくなったのが、むしろありがたい。おれは木漏れ日の中で立ち止まり、木に寄りかかって一息いれた。ふと、腕時計に目をやった。午後の二時だと知った。だが、時間に意味はない。十五時間も食ってないと思い知っただけだった。

叩《たた》き売っても百万は下らないこの時計も、ここでは何の役にも立たない。一片の食いものと一時《いっとき》の休息とならなら交換してもいい。空腹が疲労を倍にしていた。

その時、煙の匂いがした、と思った。高鼻《たかばな》を使う猟犬のように、おれは顔を上げた。落葉を焼く焚火の匂いを嗅《か》いだ。冷えきった体にマッチで火をつけられたように、おれは反応した。焚火――そこにあるはずの火と人のぬくもりに惹《ひ》かれて、おれはまた足を踏み出した。

あんたのことを冷めたい男だと思ってた、と女は言った。荒っぽい仕事を、顔色も変えずにやってのける冷静な男、人を寄せつけず、人に馴染《なじ》まず、人の悩む姿や苦しむ姿を遠くから見ているだけの男だと思ってたわ。どうして、わたしと一緒に逃げてくれたの？　あの男は、きっとわたしたちを殺そうとするわ。わたしはいい。あのままあの男に飼われて腐っていくより、死んだ方がいい。でも、あんたは……なぜなの。なぜこんな災難をしょいこんだの……車の中で女がそう言った。

やみくもに走り続けてたどり着いた知らない土地の、道路から外れた人気《ひとけ》のない空き地に車を停《と》めていた。恐怖と緊張にアドレナリンを発散させた女を抱き、エンジンをかけたままの車の中でおれは眠ってしまった。

白々明けの朝靄《あさもや》の中で、彼らはおれたちをみつけた。眠っているおれたちの車の前後を、二台の車で挟《はさ》んだ。彼らはぬかった。勢い込んでとび出して来た奴《やつ》らの一人が、車のドアを閉めるというドジをやった。

その音がおれを起こしてくれた。おれは蹴《け》られたように目覚め、瞬時に事態を知った。眠っている女の方のドアが開き、男が顔を出した。ニヤリと笑った下司《げす》のその顔を、おれは撃った。ポイント・ブランクで放たれた38スペシャルの弾丸は、男の顔の半分を吹きとばした。

悲鳴をあげてとび起きた女に、ドアを閉めろ、しっかり摑《つか》まってろと言い、ギアをバックに叩き込んでアクセルを踏みつけた。鉄とガラスの壊れる音と共に、後の車がドッと退《さが》った。おれはギアを変え、前へとび出した。立ち塞《ふさ》がる車の開けたままのドアをもぎ取り、男を一人撥《は》ねて走った。

撃った男が知らない顔だったことに、おれは気づいた。組の者ではなかった。雇われの殺し屋だと思えた。彼らは本気でおれたちを消す気だとわかった。

木立ちが疎《まば》らになって、林が明かるくなった。林の向うに平地が見えた。おれは足を止めた。そのとたん、足元から群鳥がとび出した。鋭い羽音が、おれの心臓を摑んだ。二つ、三つ、四つと鳥は次々と放射状に飛び、藪《やぶ》に消えた。落葉の精のような、コジュケイだった。拡《ひろ》げた短い翼に日が当たった瞬間、羽毛の中の銀と朱の色がきらめいた。落葉を焚くあの強烈な匂いに近づいていた。

走りづめの車のボンネットが白い蒸気を吹き上げ、ものの焦《こ》げる臭《にお》いが車内を満たした。草原の低い丘の手前で、車は動かなくなった。燃料が底をついたのだ。不覚にも気づかなかった。おれたちは車を捨てて走った。遠くに、ふっとばして来る一台の車が見えた。

おれたちは手をとって丘へ駈《か》けた。丘の向うには何かがあるように思えた。じっとして殺されるより、走りながら撃たれる方がましだと思った。丘の上まで来た時、女の名を呼ぶ叫びが聞こえた。女は思わず立ち竦《すく》み、ふり返った。ライフルの銃声が、明かるい草原に鳴りわたった。

漂ってくる煙を目ざして、おれは歩いた。木立ちが尽きる辺りのブッシュの向うに、低い建て物が見えた。太い材木や厚い板を使った古びた小屋と、納屋《なや》のような木造の建て物だった。おれは銃を手に、木に隠れながら、少しずつ小屋に近づいて行った。

人の声が聞こえた。おれは耳をそばだてた。ゆっくりと話す、嗄《しわが》れた老人の声だっとした。おれは音を立てないように気を配りながら、木から木へ体を移し、声の主を見ようとした。

「ああ。お前さんの言ったとおり、確かに今年は薯《いも》の出来は悪かった」

老人の声が聞きとれた。

「同じ場所での連作のせいかのぉ」

話すその人の姿が見えた。焚火を前に、腰を下ろした男の後姿だった。

「そうは言っても、二人が年中食っても食べきれんほど穫《と》れた。十分じゃあないか。それに今年はキャベツが良かったじゃろ」

フランネルの古いシャツの上の、日に灼《や》けた首筋と黄ばんだ白髪《しらが》で、男を老いた農夫だと判断した。

老人は座ったまま、かたわらの切株の上で薪《まき》を割った。片手で小ぶりな斧《おの》を振るい、直径二十センチ、長さ三十センチほどの丸太を苦もなく四つに割り、その木を火にくべていた。焚火は赤々と燃え、湿った木や葉が白い煙を上げていた。

老人のそばに、一頭の黒い犬が寝そべっていた。伸ばした前肢《まえあし》に顔を埋めて、ぬくぬくとまどろんでいるようだった。おれは老人が話す相手を見ようとして、体をずらせた。犬が目を開け、顔をあげておれを見た。吠《ほ》えも動きもしなかった。

「葉をくるくると固く巻いて、丸い良いキャベツじゃったなぁ」

老人が話しかける煙の向うには、人の姿はなかった。

「今年は、豆をいつもより早目に蒔《ま》いた。カモの渡りが例年より早かったからな。ほうら、一斉《いっせい》に可愛《かわい》い顔出して……楽しみじゃなぁ」

おれは銃を握っている自分を恥じた。銃を上着のポケットに落として、掌《てのひら》の汗を服にこすりつけた。燃える火が、おれを誘惑した。

「そこのお人、こっちへ来なされ」

おれにかけられた言葉だと気づくのに、少し時間がかかった。老人はゆっくりとふり向いておれを見た。深い皺《しわ》を刻んだ木のような顔に、何の表情もなかった。

おれは木立ちを出た。黒い土を起こした畦《うね》が連なる、境界らしきものもない耕地の端で、おれは老人に挨拶《あいさつ》をした。

「邪魔をします。庭先を通らせて下さい」

心にもないことを、おれは言っていた。

「ああ、いいとも。だけど、その前に火にあたって行くがいい。ずい分濡《ぬ》れたようじゃあないか」

老人はおれを見透かすように言った。

「ありがたい。そうさせてもらいます」

おれは畑の作物を踏まないように気をつけて、畦の間を歩いて老人に近づいた。犬がのそりと起きあがり、おれに道をあけるように動いて場所を移した。老人が言った。

「その辺りの切株を持って来て座るがいい」

おれは焚火を距《へだ》てて老人の前に座った。火の暖かさが、どっとおれの体に覆《おお》いかぶさった。おれは手を火にかざし、辺りを見廻した上で訊《たず》ねた。

「誰かと話しておられたようでしたが？」

老人は木をくべながらこたえた。

「ああ、婆《ばあ》さんとな」

「でも、ここには誰も……」

「家内は、去年の春、死んだ」

おれは絶句した。この老人は、亡《な》くなった妻と独り言で話しているのか。

「あの、いつもそうしてるのですか」

「ああ。よく喋《しゃべ》る女でな。一日でも話してるよ」

おれは胸を衝《つ》かれた。なんという哀《かな》しい孤独だろう。人は年をとれば、みなこうなるのかという思いで、おれは呆然《ぼうぜん》とした。

ズボンや靴《くつ》が湯気を放ち、硬直した足が体温を取り戻そうと焦《あせ》って痛いほどだった。燃えさかる火は、身も心もときほぐし、この上なく快かった。

「川を越えて来たのかね」

「浅瀬を歩いて来ました」

「わしの古着を貸そう。濡れたものを脱いで乾かせばいい」

「いや、火にあたるだけで十分です」

「お前さん、腹を空《す》かせているのじゃろ」

いや、腹など空かせてないと言えという、もう一人のおれがいた。だがこのおれは「ええ、まぁ」とこたえてしまっていた。

老人が木の枝で焚火の灰をまさぐった。握り拳《こぶし》ほどの大きさの丸いものが二つ、ゴロリと転がり出た。ジャガイモだ。老人は節くれだった皺だらけの手で薯をとり、掌で転がしながら灰を払った。皮を茶色に焦がした薯を、ひょいとおれの膝《ひざ》に投げてくれた。

「熱いぞ。町の者の手では持てんじゃろ」

老人は洗いざらしの軍手を一つ、投げて寄こした。

「この匂いだったのか。何かしら、うまそうな、ものの焼ける匂いがすると思ってました」

「ここで穫れた薯じゃ。食べるがいい」

薯は熱く重く、粗塩《あらじお》をつけた皮がパリッと焼け、むっちり肥《ふと》った肉を包みきれずに今にもはち切れそうに見えた。

「いただきます」

皮を剝《む》くのももどかしく、おれは熱い薯にかぶりついた。薯は唇《くちびる》を灼き、口中に熱い芳香を放った。おれは呻いた。

「うまい！」

「そうか、うまいか」

老人は立ちあがり、もう一つの薯をおれの膝に落として小屋に入った。

老人は小屋の中でゴトゴトと音をたてていたが、脂《あぶら》じみたフライパンと錫《すず》の大きなコップを持って出て来た。薄《う》っすらと露を浮かべたコップを手渡してくれた。おれは、冷めたい中身の半分ほどを一息に飲んだ。爽《さわ》やかな香りと甘さが火照《ほて》った口中を満たし、荒れた喉《のど》を滑り落ちて行った。腹の中にポッと火がついた。「む……」と、改めてコップの中を覗《のぞ》いた。

「梅酒を井戸の水で割っただけじゃ」

飲み食いするおれを見る老人の目が、少し和《なご》んでいるように思えた。

「よほど腹を空かせているようじゃから、これでも焼いてやろう」

老人の手の鍋《なべ》には、厚さが二センチはある大きなハムの一切れと脂の塊があった。老人は鉄の環《わ》に脚のついた台を均《なら》した火の上に置き、鍋をのせた。鍋は忽《たちま》ち脂を溶かしはじめた。ハムがジュウジュウと音をたてて焼け、香ばしい匂いが立ちのぼった。おれは唾《つば》をのんで鍋の中を見つめていた。

老人は鍋を揺すって、熱い脂を万遍なくハムに滲《し》ませた。ハムは脂の中で反り返った。老人は二股《ふたまた》の木の枝をフォークのように使い、ハムを裏返した。忘れるところじゃった、とつぶやいて、懐《ふところ》から小さな紙包みを出し、中のものを鍋にぶちあけた。つやつやした小指ほどの茸《きのこ》だった。鍋の縁《ふち》で舌舐《な》めずりしていた焔《ほのお》が肉に飛び、ブランディを投げ入れたように一瞬火がついた。おれは見ているだけで目のくらむ思いだった。

老人は、音と香りと煙を撒《ま》き散らす鍋を、おれの前に置いてくれた。腰に手をのばして短いナイフを抜き、柄《え》の方を向けて差し出した。

おれは狼《おおかみ》のように食った。噛《か》むたびに、肉からも茸からも熱いジュースがほとばしり出た。今まで食ってきた街のやたらに高い料理は、あれは何だったのだ。大仰《おおぎょう》な器に品よく納まった、ちまちました料理が、ひどくそらぞらしく思えた。

「あの人も、実にうまそうに食べるんじゃ」

食いながら目を上げて見ると、老人は焚火に語りかけていた。

「何を食ってもおいしいと言って、またよく食う……」

口もとに笑みが浮かんだ。老人は亡くなった妻のことを、生きてる人のように話す。おれは訊ねてみた。

「ご老人は、今は独り暮らしですか」

老人は、ちょっと考えているように見えたが、

「そういうことになるか」

とつぶやいた。そうは思わないが、という口ぶりだった。

「目を覚ますと婆さんがいて、朝めしはしっかり食べろとか、今朝は冷えるから一枚多く着ろとか口うるさく言い、ずっと二人で暮らしてるように思ってたが……」

おれは満ち足りて、体中の生気が甦るのがわかった。ナイフの脂を上着の裾《すそ》で拭《ふ》きとり、刃《は》を逆にして老人に返した。

「ごちそうになりました。こんなうまいめしは、食ったことがありません」

心から礼を言った。

日は少し傾き、ものの影を移動させていたが、この庭や畑は南を向いているのか、いつまでも日が当たっていた。

「変なことをうかがいますが、先刻《さっき》ご老人は後も見ずわたしに声をかけられた。わたしがいることを、どうして知られたのですか？」

気になっていたことを訊ねてみた。

「犬じゃよ。こいつが知らせたんじゃ」

相変わらず寝そべったままの犬に、老人は顔を振って言った。

「でも、吠えもしなかったし、ただ顔をあげてわたしを見ただけでしたが」

「ああ、だからあんたがまともな人間だとわかったんじゃ、こいつは人を見る」

驚くことばかりだった。この老人は犬とも話しているのだろうか。

「こいつが見てとったとおりじゃった。あんたは畑のものを踏むまいとしていた。町の若い者にしては、礼を心得てる男と見た。それにあんたは、物事をしっかりと良く見ている人のようじゃな」

おれは実はこの老人のことを、老いて少し呆《ぼ》けはじめた人と見ていた。過去も現在も、幻影《まぼろし》も現《うつつ》も溶けあって、夢のような日々を漂い送っている老人と思っていた。そうかも知れない。だが、俗なるもの、卑しいもの、邪悪なものを見透す炯眼《けいがん》に曇りはない人だろう。おれの氏素姓《うじすじょう》を、一目で見抜いているかも知れない。侮《あなど》れる人ではないと思った。

「婆さんも、ぶしつけな人間を嫌《きら》うんじゃ」

老人は煙に目を細めた。

「大らかな性分《しょうぶん》なのに、思いやりのない人間は許さん人じゃ」

老人は話しながら、無意識の動きでかたわらの薪を割り、斧をスコンと切株に戻した。斧の鋭く砥《と》がれた刃は、先端の三分の一ほどを切株に埋めていた。柄は使いこまれ、人の手に擦《こす》られてつややかに光っていた。

老人は火に新しい木を投げた。火の粉がパッと舞い上がった。冬の日溜《ひだま》りの中で、時の流れが停《とま》ったように感じた。

「婆さんは、わしが殺したようなもんだ」

唐突な老人の言葉に、おれはギクリとした。えっ？　と思わず聞き返した。

「屈託のない性分の元気な人じゃったから、おまはんは百まで生きるわ、とわしはよく言ってやったもんじゃ」

言葉がいつの間にか過去形になっていた。

「去年の春先、わしは珍しく風邪をこじらせて、ひどい咳《せき》に苦しんだ」

老人は痩《や》せてはいるが足腰はしっかりしていて、かつては屈強な男だったのだろうと思わせる体つきをしていた。

「ちょうどその時、町まで行かなきゃあならん用があった。わしが快《よ》くなるまで延ばせばいいというのに、婆さんはわしに代って山を下りた。帰り途《みち》で雨に遇《あ》って、ずぶ濡れになって帰って来よった。肺炎をおこし、三日目にあっけなく死んでしまった。わしは長い間、そのことが信じられんかった」

それは……と言いかけて、おれは言葉を失った。何を言っても虚《むな》しい気がした。

「わしが殺したような気がしてならん」

おれの中でせめぎあうものがあった。

「実は、わたしもです」

おれはそう言っていた。

「もう気づいておられるでしょうが、わたしは追われている者です。他人《ひと》の女と逃げたのです。女は、追手に撃たれて……」

老人は火を見つめたまま、おれを見ようとしなかった。冬枯れの野末に果てた女の姿態が瞼に浮かんだ。いとおしさがこみあげた。

「わたしだけがおめおめと生き残って、こうして逃げているのです」

恥辱がおれを焼いた。

「生き残ることが大事じゃ」

老人は誰に言うでもなく、まるで自分の心の中に語りかけるようだった。

「人が人を好くということは、誰にもどうしようもないことじゃ。避けられんし、逆らえん。人はみな、そのことでよろこびや苦しみや悲しみを背負いこむ。あわれというか、かなしいことよな。だけど、人は生きてる限りは、それから逃げられん」

火が爆《は》ぜた。少し風が出たのか煙が舞ってたなびいた。女を死なせたという二人の男が焚火を挟んで座り、黙りこんでいた。しじまの中で、どれほどの時間が流れたのだろう。

彼らは同じ失敗を繰返した。何処《どこ》かで車のドアをバタンと閉める音がした、とおれは思った。「奴らだ」おれは、がばと立ち上がっていた。眠っているのかと見えた老人が、キッと首をあげた。

「あの納屋へ隠れろ」

老人は手を振って別棟の小屋を示した。

「戸を閉めて、内から閂《かんぬき》をかけろ。いいか、何があっても出てくるんじゃないぞ」

老人はピシリと言った。独り言をつぶやいていた老人と同じ人とは思えなかった。

おれは言われるままに納屋へ走った。厚い板の頑丈《がんじょう》な引き戸を閉めた。戸は外からは錠で、内側は閂で閉められるようになっていた。金枠《かなわく》に太い角材の横木を通すと、納屋は砦《とりで》になった。ピックアップ・トラックをぶつけても、破ることはできないだろう。納屋は農具や、穀類や肥料の袋でいっぱいだった。

おれは板の節穴を探した。老人のいる庭を覗《のぞ》ける穴を見つけた。板壁に体を寄せ、節穴に目を当てた。

おれが来た方とは逆の方から、三人の男が現れた。急な坂を上って来たのか、荒い息を吐いていた。二人は組の男で、一人は知らない男だった。ボタンを外した革の長いコートのポケットに手を入れていた。銃を握っているに違いなかった。

畑の端まで来て、組の男の一人が声をかけた。

「爺《じい》さん。男が来たろう」

顔に刃物の傷痕《きずあと》のある、冷酷な男だ。座ったままの老人が、焚火をつつきながら言った。

「誰かね。お前さんらは」

「訊ねてるのはこちらだ。若い男がここに来ただろうと聞いてるんだ」

「他人の所へ来て、ものを聞くなら、先《ま》ず名乗るもんじゃ」

「何だと」

男たちはずかずかと踏み込んできた。黒い土を割って、一摘まみほどの緑の芽をポッと萌《も》え出させてきれいに並んでいる豆の苗を、彼らは踏み崩して来た。黒い犬がむくりと起き、喉の奥で低い唸《うな》り声をあげた。

「爺い、なめた口きいてると痛い目にあうぞ。訊ねたことにこたえろ。黒いスーツ、コートなし、帽子なし、三十半《なか》ばの背の高い男だ」

「そいつがどうした」

「来たのか。そのあばら屋に隠れてるんじゃあねぇのか」

顔に傷のある男が、もう一人の男に顎《あご》で指図した。首の太いその男は、拳銃を抜いて小屋に向かった。ライト級のボクサーだった、短気な男だ。

「待て」

老人が厳しい声をあげた。

「誰に断って人の家へ入るんじゃ」

「うるせえ」

ひと言わめいて、男は小屋に踏みこんだ。おそらく土足のまま上がりこんで家探《や》ししたのだろう。ここにはいねえ、と言って出て来た。革のコートの男は、うっそりと立ったまま動かなかった。

傷痕のある男が納屋へ顎をしゃくった。ボクサー上がりが焚火の木を蹴散らして庭を横切り、納屋の戸を開けようとした。男は舌うちした。門のある辺りを撃ち抜こうとするのか、銃を持ち直した。おれは納屋の中で銃を抜いた。

その時、老人が動いた。腰かけたまま、斧をとって投げた。いや、投げたのだろう。早くて目にとまらなかった。斧は唸りをあげて飛び、ボクサーの耳を削《そ》いでガツッと納屋の戸につっ立った。重い戸が揺れた。

コートの男の手が動いた。老人は火のついた薪をひっ掴むなり男に投げた。薪は男の胸に激しく当たり、火の粉が散った。

「動くな！」

老人が一喝《いっかつ》した。老人はようやく腰をあげ、すっくと立った。黒い犬が首の毛を逆立て、牙《きば》を剝いて身構えていた。

「動くんじゃあねえ。この狼は猪《いのしし》を三頭、人を一人食い殺している。わしの合図一つでお前らの喉を噛み砕くぞ」

革のコートの男のセーターに火がつき、くすぶっていた。老人は歩いていって男のポケットから拳銃を奪《と》りあげた。チラと銃に目をやり、鼻で嗤《わら》った。

「ふん、自動銃か。ど素人《しろうと》め。ポケットの中から弾《はじ》くつもりならリボルバーを使うもんよ」

老人は、立ち竦んでいる傷痕のある男に向かって、

「お前が頭《かしら》か。嚙み殺されたくなけりゃあ、じっとしてろ」

と言い、耳を押さえて転げまわっている男に近づいた。男が落としたスナブノーズを拾い、二挺《ちよう》の拳銃を藪《やぶ》に投げた。

老人は、納屋の戸に深々と刺さった斧をもぎとった。もう一センチ外《そ》れていたら、斧は男の頭を叩き割ったのだ。老人は斧をぶら下げたまま、傷痕のある男に言った。

「今日のところは見逃してやる。命を大事にすりゃあ、お前らもわしみたいに爺いになれる。帰れ。ここはわしの土地じゃ」

傷の顔を蒼白にした男は、唾を呑《の》みこんで頷《うなず》いた。うずくまって呻いている男に冷ややかな一瞥《いちべつ》を投げ、黙って出て行った。革のコートの男は、胸の焼け焦げをもみ消しながら後ずさりに去り、耳を落とした男は血を流しながら這《は》うようにして仲間の後を追った。老人が男の背に言葉を投げた。

「畑を踏むな」

おれは金縛りになってつっ立っていた。たった今、目の前で起きたことが信じられなかった。遠くで車のドアを叩きつける音、荒々しく走り去る車の音を耳がとらえていた。

「出て来ていいぞ」

老人の声で我れにかえった。おれは門を外し、重い戸を開けて外へ出た。老人はまた焚火の前に座り、犬はそのそばで寝そべっていた。斧までが元の切株に立っていた。おれは夢でも見たのだろうか。

おれは老人に向きあい、深く頭を下げた。危機を救ってもらった感謝と、老人に対する畏敬《いけい》の思いで自然と頭が下がった。

「何と言っていいやら、言葉を知りません」

老人は息も乱さず、何事もなかったような静かな表情だった。

「凄《すご》い人だ。貴方《あなた》はいったい……」

何者なのか？　と訊ねようとしたが、止めた。

「それより、あんたはこのところ満足に寝てないのじゃろ。ゆっくり休んでいったらどうじゃ」

老人は寛《くつろ》いだおだやかな声に戻っていた。

「ありがとうございます。でも、もうこれ以上お世話になれません」

「そうか。止めても聞くまい」

犬が寝そべったまま、目だけでおれを見上げた。寝ているだけが能の犬のようにしか見えなかった。

「気をつけて行きなされ」

おれは老人と目を見合せた。一陣の風が舞い、くすぶっていた焚火の火を煽《あお》った。煙がしみたのか、おれは目をしばたたいていた。

「お達者で」

そう言って、おれは老人に背を向けた。こみ上げてくる思いを断ち切って、足を踏み出した。

冬の日は、空を焼いて今まさに落ちようとしていた。

花見川の要塞《ようさい》

1

川の右岸から流れを距《へだ》てて見る弁天宮は、また趣が違った。真下に立った時は、楼門《さんもん》の大円柱のように見えた一対《いっつい》の桜の巨木も、川のこちら側から見ると、辺りの風景に溶けこんで目立たなかった。弁天宮はすぐそばで見てもちんまりと小造りで、宮というより祠《ほこら》という感じだった。

赤く塗られた小さな鳥居、赤い旗のぼり、赤いお堂、そしてその横にある土俵と共に、全《すべ》てがひっそりと控え目で、十号の絵ほどに納まっていた。キジバトが低く矢のように飛んで来て、背後の竹藪《たけやぶ》に吸い込まれていった。

七月半ばの、むせるような青草の中に半身を埋めて、俺《おれ》は花見川の風景を眺《なが》めていた。作家が書いたように、この辺りの風物には確かに何かしら懐《なつか》しい遠い記憶のような、そのくせまだ見たことのない異郷のような、一種独特の不思議な雰囲気《ふんいき》があった。

先刻見てきた水神宮の能楽堂もそうだ。作家はその水神宮を初めて見た時のことを

〈一面の菜の花畑の中に高い木に囲まれた一画があり、そこだけは周囲の明るさに背いて黒々と静まり返っているように見えた〉と書いている。

午前中はその水神宮を探して歩いた。何度か車を停《と》めては人に訊《たず》ねたが、誰も水神宮を知らなかった。この近くに住む主婦たちとしか見えない婦人の連れも、そんなものは見たこともないし、話に聞いたこともないと口々に言った。

作家が〈確か鷹之台《たかのだい》ゴルフ倶楽部《クラブ》の裏の方だったと思う〉とそのエッセイに書いているのを頼りに探した。国道16号線に通じる比較的車の通行の多い道路沿いに空地があって、そこに車を駐《と》めて下りてみた。道路の片側は敷石を積上げた高い斜面だった。ふと、その上の景色を見てみようと思ったのだ。

爪先《つまさき》をのせられるだけの幅の狭いコンクリートの階段は、胸をつく急斜面でパイプの手摺《てす》りを握らなければ危険なほどだった。

上がりきった所で、それが見えた。あれではないかと思える黒い木立ちが見えたのだ。作家は水神宮と能楽堂のことを二十年前に見たときの記憶だけで書いていて、その場所もたたずまいも、存在すらも夢のように不確かだがと断っているが、俺が見た杜《もり》の周囲の状況は、エッセイを読んだ印象とは少し違っていた。

周りが菜の花畑でないのは季節的に当然の事だが、その黒い小さな杜のすぐ手前に一軒の家があった。近づくと犬が吠《ほ》えた。農家好みの造作の、新しい建物だった。

昼なおうっそうと暗い杜に、無人の水神宮があった。高い木立ちの向うは夏の明るい田園が拡《ひろ》がっているのに、ここだけはひんやりと涼しかった。水神宮の建物は、小ぶりながら腕の確かな宮大工の手にかかったものと思える凝った造りだった。長い年月に晒《さら》されて枯れ、黒ずんでいた。土蔵に使うような時代物の大きな錠前をおろした格子《こうし》組みの戸から、がらんとした堂の中が覗《のぞ》けた。

この水神宮が特異なのは、その横に能楽堂がある事だ。木造高床の簡素な建物で、三方に壁がなく、吹きさらしの舞台である。二十坪ほどの床板には木の葉が散り、砂塵《さじん》が薄く積もっていた。

水神宮はこの町の氏神で、隣町の氏神と交互に、つまり二年ごとに能が奉納されるのだという。二年に一度の秋の一夜、明々と篝《かがり》火《び》が火の粉を飛ばし、能面に炎を映して舞う鄙《ひな》びた祭を見てみたいものだと思った。

杜は炎天の外界より明らかに気温が低く、サファリシャツの下の汗を冷めたく感じた。高い広葉樹の中にひときわ高い大きな樫《かし》の木があり、八方に枝を張って何万、何十万という葉を茂らせていた。こういうのを鎮守の杜というのだろうか、と都会育ちの俺は思った。

長い沈黙《しじま》の中で、ある夜突然上がる火の手と雄叫《おたけ》び、束の間《つかのま》の繁華の後はまた果てのない静寂となる……というイメージが、唐突に俺の脳裏をよぎった。杜の水神は、確かに作家のいう〈忘れられた隠《かく》し砦《とりで》〉のようでもあった。そして、昨日見た花島観音や先刻の水神宮がそうであったように、この氏神も海を向いて建っていた。

俺はカメラマンだ。商業写真のカメラマンとして一本立ちして五年になる。助手時代はファッションや人物もやったが、いつしか風景や静物、アウトドアの動植物に仕事が傾いてきた。そういう世界が好きだし、自分に合ってるように思う。

今回の仕事は、あるビジュアル雑誌でこの二年間続けているシリーズのものだ。作家や詩人がそれぞれの縁《ゆかり》の土地の印象や思いを書いたエッセイに、付かず離れずの写真を数カット添えるという趣向のものだ。先《ま》ず文章があって、それを基にした写真ではあるが、カメラマンなりの感覚や解釈が求められていて、やり甲斐《がい》のある仕事だった。

俺はゲラで読んだ文章に書かれた土地を、事前に時間の許す限りよく歩いて、イメージをふくらませるように努めてきた。

作家は俺を案内して、文中の場所を教えて歩くつもりでいてくれたのだが、急病で入院してしまった。そんなわけで『夢のなかの花見川』と題したエッセイに書かれた、千葉のこのほとんど無名の川の周辺を、俺は昨日と今日の二日をかけて探索したわけだ。弁天宮はその最後の場所だった。

川の右岸のこの辺りは、流れの縁《ふち》からすぐ高くなって、丈《たけ》高い草やイバラがびっしりと生い茂り、人の歩く道はない。ここからは見えないが、この向うに高いフェンスを巡らせたゴルフ場があるはずだ。そこから川岸までの土地は人も通わず、放置されたままどんどん野生化したようだ。

川下を見れば弁天橋が見え、その向うに青いペンキ塗りの送水管が、弓を伏せたような形の鉄橋で支えられて川を跨《また》いでいる。その中間の川岸に、鉄骨を組んだ橋桁《はしげた》のようなものがあった。赤く錆《さ》びて朽《く》ちかけていた。一方、川上は流れが大きく湾曲していて先が見えなかった。

作家が書いているように、花見川一帯は野鳥が多い。昨日流れに沿って左岸を歩いた時も、この目と耳で確認した。いたる所でコジュケイが口喧《くちやかま》しく鳴いていたし、少し遠い所で雄キジが雌を呼ぶ高らかな声があがっていた。

炎天下の水面には鴨《かも》の姿は少なかったが、注意深く見ると岸の暗い草陰に二羽三羽と集って、ひっそりと浮いているのが見えた。コガモ、カルガモ、キンクロハジロなどの姿を確かめた。

何に惹《ひ》かれたのか、俺は川上に向かって歩きだしていた。今日の仕事は済ませたし、時間はたっぷり残っていた。

ロケハン用のポラロイドカメラを背中に回し、両手でブッシュをかき分けながら一歩一歩進んで行った。猛々《たけだけ》しいほどの夏草の中に、けもの道のような少し透けた所が一筋延びているのを体が探り当てた。目の高さからは見えないが、足の下に昔人が歩いた小径《こみち》があるのかもしれない。

その隠れた道なき道を進んで行くうちに、川岸から次第に離れていくのに気づいた。その時、草の中の何かに向う臑《ずね》をしたたかにぶつけて、丸太のように前へ倒れた。俺は臑を抱いて呻《うめ》いた。マラソンで鍛えた俺の足も、向う臑は人並みに弱い。

いったい何が足を掬《すく》ったのか見とどけようとして、文字どおり草の根を搔《か》き分けて探した。それは金属の棒だった。地面から斜めに突き出した鋳物《いもの》で、何と転轍機《てんてつき》だった。鉄道の線路を手動で切り替えるバーで、通常ポイントと呼ばれているものだ。

先端のハンドル部分の下に、まるで軍配うちわのような円板がついていて、約五〇度の角度で空を向いていた。

ポイントがあるということは、その側《そば》に鉄道の線路があるはずだ。俺は四つん這《ば》いになって周りを探ってみたが、そのようなものはなかった。

「何だ何だ、これは……」

俺は舌打ちして、独り言をつぶやいた。いったいどういうことだ。何のためにこんな物がこんな所にあるのだ。誰かが捨てた物とは思えない。それは地面にしっかりと据《す》えつけられていて、蹴《け》っても揺すってもびくとも動かなかった。

犬も歩けば……というが、歩けない所を歩いたお陰で、俺は妙な棒にぶち当たってしまった。ポイントがそこにあるわけを考えながら、俺は懲《こ》りもせずさらに上《かみ》へ歩いて行った。車を駐めた所から遠ざかってしまうなと思いながらも、誰かに呼ばれたように俺は歩き進んだ。

土地を切り裂いたような一筋の溝《みぞ》が目の前に現れた。深さ約二メートル、底の幅一・五メートルほどの、くさび形に切れ込んだ溝がほとんど一直線に延びている。水はなく底も斜面も雑草がはびこるままだが、用水路か暗渠《あんきよ》だったものだろうか。大昔はこの辺りは湿地で、干拓されて耕地になったと聞いているが、その名残りのものだろうか。

その溝の中をやって来る者があるのに、ふと気づいた。大きな荷物を背負った小さな人に見えた。一歩一歩近づいて来るその人は、この地方には多い担《かつ》ぎ屋《や》の婆《ばあ》さんのようだった。米や野菜、餅《もち》や卵、魚の乾物などを、産地から直接運んで来て商いをする女たちである。近頃《ちかごろ》はいくらか明るい色の物を着るようになったが、昔は黒っぽい筒袖《つつそで》にもんぺ姿が多かった。

黒っぽい布で竹籠《たけかご》を包み、さらにその上に箱を載せた信じられないほどの大量の重い品物を運ぶのだ。ひと頃はカラス部隊などと呼ばれたそうだ。

ひょっこり、ひょっこりという感じのゆっくりした歩調で近づく人は、白い頰《ほお》かぶりに白いエプロン姿で、ひどく小さく見えた。そしてやはり、体の大きさほどもある荷物を担いでいた。近くに来たら、頼んで写真を二、三枚撮らせてもらおうと思い、それにしても妙な所を歩くもんだと思った。

俺はバンダナで汗を拭《ふ》いて、憎らしいほど晴れた空を見上げた。白銀に光る積乱雲がそそり立っていた。何百万ボルトものエネルギーを潜めて、傲然《ごうぜん》としているように見えた。

目を溝に戻して、俺は驚いた。担ぎ屋の婆さんが消えていた。あの大きな荷物を担いだまま、急な斜面を素早く登って行ってしまったとは思えなかった。見廻《みまわ》す草の原には人はおろか、鳥の姿もない。消えたとしかいいようがなかった。

「どうなってんだ。いったい……」

俺はまた独り言をつぶやいていた。ひときわ暑い今年の夏の直射日光に、俺は少しおかしくなったのだろうか。幻覚を見たのだろうか。

俺はふらふらと草の中を泳いで行った。一群の雑木とシノタケの間の草むらに、突然、大きな丸く白い物が現れた。白いといっても灰色に汚れ、コンクリートらしい外壁があちこち剝落《はくらく》した半球形の建物だ。お椀《わん》を伏せたような建造物の、その上部が見えたのだ。

これはまた、昨日今日見てきたものの中でも何よりも奇妙で、不思議なものだった。のさばり放題に荒れたブッシュの中にあって、それは明らかに人が作った、それも今までに見たことのない変わった形の物だった。

俺はポカンと口を開けていたかも知れない。手繰られたように、二歩三歩と近づいた。半球形の家のコンクリートの壁には、長方形の窓が穿《うが》たれていた。

「トーチカ？　そうだ、これはトーチカだ！」

実物は見たことはない。だが戦争映画やものの本で、それがトーチカというものであることぐらいは知っていた。これがトーチカだとすると、何でまたそんなものが此処《ここ》にあるのだろう。

われ知らず、また一、二歩近づいていった。その時である。

「停まれ！」

突然、甲高い声があがった。心臓がとび上がった。

「誰《たれ》かっ」

声は銃眼のような壁の窓からのようだ。しかもその窓から、何と銃身が覗いていて、黒い銃口が俺を狙《ねら》っていた。

2

「名を名乗れっ」

銃眼からの声が命じた。俺は面くらいながらも、

「ま、松村だ。松村次郎……」

と答えていた。

「何者かっ。敵の間諜《かんちよう》か」

最初の驚きから立ち直ってみると、トーチカからの声は、高いが威圧感というようなものがないことに気づいた。だがその声音《こわね》の一途《いちず》さに押されて、俺はまた答えてしまった。

「ただのカメラマンだ」

瞬時の間があった。

「よーし、そこ動くな。動くと撃つぞ」

と声がして、銃が引き込まれた。

ちょっと考えれば「誰だ？」ではなくて「誰《たれ》か？」という時代がかった誰何《すいか》であったこと、「間諜か」などとずれた事を言ったりしたことだけでも、声の主が普通ではないと気づくべきだった。

「こっち向け」

声は背後からした。驚いて振り向くと、少年が立っていた。体は大きいが、まん丸の顔はあどけなさの残る子供の顔だった。今どき珍しい坊主刈りの頭にカーキ色の戦闘帽を被《かぶ》っていた。半袖の白い開襟《かいきん》シャツの襟《えり》に何やらマークが書かれていて、胸に旧帝国陸軍の兵士の階級章がついていた。腰に構えた小銃を俺は九九式歩兵銃と見た。

日本の何処《どこ》にでもありそうな鄙俗《ひぞく》なこの土地で、俺が昨日今日と見てきたものは、エッセイを書いた作家がいうように、そのつもりで見れば、なるほどどこか少しずつ非現実な気配があった。時の流れに取り残されたような、時空の中で漂っているような感じがあった。だが、忽然《こつぜん》と現れた小銃を構えた戦闘帽の少年には、俺は心底驚いた。

それに、この少年はどうして俺の後に出てこれたのだろう。少年は俺を頭の先から足元まで検分しているようだった。戦闘帽の庇《ひさし》の下の目には野性的な光があるが、ふっくらした顔は色白で頬と唇《くちびる》が紅《あか》い。童顔だが背丈だけは、百七十センチの俺と同じくらいある。

「ただのカメラマンか……」

少年が言った。

「悪者じゃあなさそうだ」

「まあね」

俺は苦笑いした。今度は俺が聞く番だ。

「君は誰だい。なぜそんな恰好《かっこう》してるんだ？」

少年は意外に素直に答えた。

「自分は、陸軍工兵軍曹《ぐんそう》ハラダサンペイ！」

その時、後ろのトーチカから穏やかな声がした。

「サンペイ、人様《ひとさま》をおどかしちゃあいかんよ」

年配の女の声だった。

「お前の好きな草餅持ってきてやったぞ。さ、その人にも入ってもらえ。茶も淹《い》れたからな」

顔の前で、パチッと手を打たれて夢から覚めたように、少年の表情が変わった。少年はコクンと一つ頷《うなず》いて銃を下ろした。「来いよ」と俺に言い、草の中を歩いて溝の斜面を下りて行った。俺は後を追った。

少年の姿が、ふっと消えた。消えた辺りを探ってみた。斜面を覆《おお》う密生した夏草や蔓《かずら》が隠していたが、何と斜面に穴があった。切り石で周囲を固めた排水口のような横穴が開いていた。

「ほほーっ」

意味もないことをつぶやきながら、俺は四つん這いになって穴に入って行った。

穴の中は意外に広かった。筒状の穴の壁は赤レンガで固められていて、暗く冷めたい風が抜けるのか乾いていた。緩い上《のぼ》り勾配《こうばい》で突き当たりが三段の階段になっていた。少年の足を追って階段を上がると、トーチカの中に出た。

「これは、これは！」

俺は声をあげた。円形の内部は、中央の高さが約二メートル、半径一・五メートルほどの二坪ばかりの部屋だった。床にもやはり赤レンガが敷き詰められていた。コンクリートの壁の三方の銃眼から、午後の斜光が射《さ》し込んでいて、案外に明るかった。あの担ぎ屋の婆さんが、小さな椅子《いす》にちょこんと座っていた。

俺は登山帽をとってちょっと頭を下げ、お邪魔しますと挨拶《あいさつ》した。

「よう来なさった。番茶じゃけど、さぁどうぞ」

婆さんが示す台の上に、ままごとのような茶器が置かれていた。少年は木の枝の股《また》を利用した手製の銃架に歩兵銃を立てて、藁《わら》を編んだ丸い座布団に尻《しり》をおろした。

俺はすすめられるまま、小学校で使うような小さな木の椅子に座った。色の濃い熱い茶は、香ばしく意外にうまかった。俺はトーチカの内を眺《なが》め廻した。腰かけた老婆はいよいよ小さく見え、血色のいい小さな顔いっぱいに笑みを浮かべて俺を見つめていた。

俺は聞いてみた。

「えー、あなたたちは、此処に住んでられるのですか」

婆さんは、えへへというように笑って言った。

「モグラじゃあるめえし……」

という事は、住いは別にあるのだろう。俺は周りに手を振って聞いた。

「つかぬ事をうかがいますが、これはいったい何なんですか。何をする所です?」

「あんたのような若い人は知らんじゃろうが、トーチカいうてな。昔、兵隊が使った砦のようなもんじゃ。陣地の跡じゃよ」

「やはりトーチカでしたか。実物を見るのは初めてです」

そんな物がなぜ此処に？　と訊ねたかったが、別の事を聞いた。

「サンペイ君は、あなたのお孫さんですね」

「ま、そんなもんじゃ」

少年の名は原田三平と書き、十五歳だと教わった。三平軍曹は草餅を食べることにかまけていた。

「わたしもそうですが、三平君はもちろん戦争を知らない年齢なのに、兵隊ごっこが好きなんですね」

「三平は兵隊ごっこなんかやっとらん」

婆さんは意外なことを言った。

「戦争じゃ。この子は戦争しとるんじゃ」

俺は啞然《あぜん》とした。少年もこの老婆も、どこか並みの人ではない、少しおかしいところがある。十五歳といえば中学の三年生の筈《はず》だが、少年は学校へは行ってないのだろうか。

「彼の胸の階級章は、確かに陸軍軍曹のものですね。今どきの子供が、どこからそんな知識を……」

「この子の祖父《じい》さんが職業軍人じゃった。曹長《そうちょう》のまま、士官になろうとせなんだ」

「太平洋戦争のですね、もちろん」

「あぁ、大東亜戦争じゃ」

「御健在なんですか、その方は」

「いんや。昭和二十年に死んだ。たぶん死んだんじゃろ、行方不明になった」

「昭和二十年……一九四五年か。戦争が終わった年ですね」

「八月十四日の夜中じゃった」

何と、終戦の文字通りその前夜である。敗戦の日の前夜、一人の兵士が消えて、それきりになったというのか。

婆さんがすすめてくれた草餅を手にしたまま、俺はしばらく放心していたようだ。餅を二箇《こ》平らげた三平は、俺のポラロイドに興味をもったようだった。首を伸ばしてポラをと見こう見していた。

「凄《すげ》え写真機だな」

俺の方は、三平の小銃がずっと気になっていた。一計を案じて言ってみた。

「カメラ触らせてやるから、君のあの銃を見せてくれないか」

だが三平は、カメラに未練を見せながらも取引きに応じなかった。

「ほら、こんなふうに使うんだ」

俺は、撮りますよと声をかけておいて老婆にカメラを向けてシャッターを切った。フラッシュが閃《ひら》めき、ジーッという馴染《なじ》みの音と共にカメラは写真を吐き出した。

湯呑《ゆの》み茶碗《ぢゃわん》を持って微笑《ほほえ》む婆さんと、その足もとの大きな籠が写った六×六センチの画面を二人に見せた。

「まるで手妻《てづま》じゃのぉ」

撮った写真が即時に出てくる事に、婆さんは一応感心してみせたが、口ほどには驚いた様子はなく相変わらずのやんわりした笑顔のままだった。だが三平は目を丸くして、ポラロイドの虜《とりこ》になってしまっていた。

俺は、たあいもない道具でインディアンを驚かせる白人の悪徳商人のような気がした。

「外で二、三枚写してきていいよ」

と一押しした。三平は遂《つい》に誘惑に負けた。

小銃を執って、慣れた手つきで弾倉を抜いた。弾倉には弾丸が詰まっていた。モーゼル式の槓杆《ボルト》を起こして引き、薬室から跳び出す弾丸を戦闘帽で器用に受けとめた。真鍮色《しんちゆういろ》の長いカートリッジが帽子の中にボトッと落ちた。弾倉にその弾丸を戻して、ポケットに納《しま》った。少年は銃の扱いに熟達していた。弾丸を抜いた銃を俺に渡し、ポラロイドを摑《つか》んで抜け穴に消えた。

銃は思った通り九九式小銃で、信じられない事だが本物だった。レプリカやモデルガンではない、使いこまれた武器の重みがあった。俺は実弾がこめられた銃で狙われたわけだ。

俺は二十代《はたち》の一時期、狩猟に熱中したことがある。銃器のこと、鳥や獣のことについては、人より少々知っている。

九九式小銃は、一九三九年に制式銃となった国産のライフルだ。その前身の、いわゆる三八《さんぱち》式銃は一九〇五年、つまり明治三十八年に制定されたことから三八式といったのだが、口径六・五ミリで当時の世界の軍用銃の水準より威力が劣り、中国戦線で苦杯をなめた。

より強力な銃とカートリッジが求められて開発されたのがこの九九式銃だった。口径七・七ミリで、30—06弾と同等の威力を備えた弾丸が撃てるシンプルでバランスのとれたボルトアクション・ライフルである。現在では愛好家垂涎《すいぜん》の銃だった。

これがその銃か！　俺は兵士の手や頬で擦《こす》られ、戦場を駈《か》け抜けた傷だらけの銃の木部を撫《な》でさすり、滑らかに作動する槓杆《ボルト》を動かしてみたりした。

俺は木の股の銃架に銃を戻して、また老婆の前に座った。

「三平君は戦争してるのだと先刻《さっき》おっしゃったが、誰を相手の戦争です？」

訊ねたい事がいくつもあったが、先ずそう聞いてみた。

「三平は鉄道兵じゃ。鉄道を敵から守っとるんじゃよ」

「鉄道？　何の鉄道です？」

「軍用鉄道に決まっとるがな」

そんな事もわからないのか、と言わんばかりの表情だった。

俺は気をとり直して、さらに聞いた。

「三平君のお祖父さんは、先の戦争が終わる直前に消息不明になったといわれたが、すると当然三平君はお祖父さんを知らないわけですね。会ったことはない筈ですね」

「原田曹長にはその時、生まれたばかりの男の子がいた。それが三平の父親じゃ。三平が三つの時、両親は死んでしもうた」

「そうでしたか……それであなたが親がわりになって三平君を育てられたのですね……それであなたは、その原田曹長の？」

えへへと笑いながら老婆がこたえた。

「なに、身内でも何でもない。わたしが惚《ほ》れてただけじゃ。横恋慕しとっただけじゃよ」

老婆のつやつやした白い小さな顔が赤くなった。

萎《しな》びた月見団子のようなこの老婆の、五十年前の姿を想像するのは難しかった。

「失礼ですが、おいくつですか。そして名は何とおっしゃいますか？」

「わたしか。わしゃ八十歳。名前はポォ」

「ポォ？　ポォとおっしゃったのですか」

「ああ、人は皆そう呼ぶ。ほんとの名は……忘れた」

「ポォさん……ですか。何だかいい響きだなぁ。でも、なぜまたそう呼ばれるのです？」

「さぁね。呆《ぼ》おーとしてるからか……それとも汽車のポォーかのぉ」

「汽笛のポォーか！　汽車がお好きなんですね」

「原田曹長が乗ってるからのぉ。あの人の列車じゃから……」

原田曹長のことを話すポォさんの言葉が、過去形でなくなっていた。ポォさんはどこからか煙管《きせる》を取り出した。こんな物を見るのも久しぶりだ。懐《ふところ》から両切りのピースを出して、一本を真中の辺りで二つに千切った。その片方を煙管に詰めて吸いだした。

三平が息を弾《はず》ませて帰って来た。

「ハイタカを写したぞ」

と三枚のポラを見せた。木の枝にとまったものが一枚、飛んでいる姿が二枚、淡い茶色の鳥が写っていた。タカやハヤブサの類《たぐ》いは識別が難しい。特に飛翔《ひしょう》する時の速さの中で見分けるのは至難といわれている。写真の鳥の鉤形《かぎがた》のくちばしや鋭い目は確かにタカやハヤブサのものだ。飛んでる方の姿は小さくて定かではないが、翼の先が尖《とが》っているように見えるからハヤブサの類いかも知れない。

体の大きさはハトくらいで、成鳥は灰色に近い羽色になるから、これは多分若鳥だろう。写真の鳥がハイタカとは断定できない。ハイタカそっくりのツミかも知れないし、夏のこの季節のことを考えるとチョウゲンボウかも知れなかった。

だが俺はそんな事を言う気はなかった。

「へえー、これがハイタカかぁ。凄いものを撮ったな」

三平は名残り惜し気に、渋々ポラを返してくれた。俺は時の経《た》つのを忘れていた。腕時計を覗いて、帰らなければならない時間だと知った。ずい分お邪魔してしまいました、とポォさんに言って、また来てもいいかいと三平に聞いた。

俺が時計を見た事で何かを思い出したのか、三平はポケットからずしりと重そうな懐中時計を出して、見た。スイッチを入れられたように三平の全身に緊張が走った。直立不動の姿勢になって言った。

「原田軍曹、これより警備に就く。松村二等兵、退《さが》ってよし！」

3

その翌週、二日間かけて花見川周辺の撮影を終えた。誌面に必要なカットだけを選んで編集者に納めて、この仕事は済んだ。

俺は事務所のデスクで、一葉のポラロイド写真を見つめていた。トーチカの中で撮ったスナップだ。ポォ婆さんと大きな荷物が写っている。夏野菜は重くてのぉ、と言っていたその籠に、何やら字が書かれた週刊誌ほどの大きさの板が結わえつけられていることに初めて気づいた。俺はルーペを当てて、四行のその字を読んだ。

失《う》せもの
探しもの
見つけます

霊師　ポォ

と意外に達者な筆の字が読めた。俺はノートの端にその文面を書き写して、何度も読み返した。

これは、どういうことだろう。人が失《な》くしたものを、あの婆さんがテレパシーのようなもので見つける、とでもいうのだろうか。米や野菜を行商しながら、そんなことを副業にしてるのだろうか。でもポォさんは、どう見ても魔法使いの婆さんの感じじゃあない。

一際《ひときわ》暑かったあの日の、万物が息を潜めて閉塞《へいそく》していた午後、アリスのように落ちた穴の中の不思議な人たちはどこまでも謎《なぞ》めいていて、俺の心を掴《つか》んで放さなかった。

俺は今度の仕事で偶然知りあったあの土地の大地主の言葉を思い出して、反芻《はんすう》した。

撮影二日目の午後、俺は車をこの人の邸《やしき》の前に駐めたのだ。邸は弁天橋と花島橋の間の柏井橋の袂《たもと》にある。高い塀《へい》で囲まれた邸は、武家屋敷のような重々しい門扉《もんぴ》を固く閉ざしていた。門の前に松の大木が植わった円形の築山《つきやま》があって、人の目から門を隠し、また門との間に半円形の車寄せを作っていた。

邸の前の地道は結構車の往来があった。駐車させてもらうために門を叩《たた》いて邸の人を煩《わずら》わせるのも気がひけたので、俺は車の尻を邸の車寄せに少し突っこんで無断駐車したのだ。

仕事を終えて、三台のカメラと三脚をかかえて戻って来た時、丁度邸の人の車が外から帰って来たところだった。車寄せを逆から入れれば車を邸へ入れられないわけではなかったが、俺はあわてた。

無断で車を駐めた事を詫《わ》びながら、急いで車を出そうとした。首や肩からぶら下げたカメラがぶつかり合った。

「いいよ。別に邪魔にならないから」

と言いながら、初老の紳士がボルボから下りて来た。痩《や》せて背の高い、知的な風貌《ふうぼう》の人だった。俺のものものしい機材を見て言った。

「こんな所で、何を撮ってるのです？」

俺はとりあえずカメラ機材を車に入れ、先ず名乗って、今回の仕事の事を手短かに話した。その作家はこの土地に住んでる人かね、と紳士が訊《たず》ねた。俺は、この川に沿った雑木林の中に建てた小さな木造の小屋を書斎にしているその作家の名や作品の題名などを話した。

紳士は作家の名を手帳に控えた。文学やアートに関心を持つ人のようだった。

「ほんの二、三日歩いただけの印象ですが、どこか風情《ふぜい》のある土地ですね」

と何気なく言った俺の言葉が、その人に気にいられたようだった。

「急がなければ、ちょっと入りませんか。花見川のことなど、少し話してあげよう」

と言ってくれたのだ。

紳士は邸の当主で、花嶋《はなしま》さんといった。後で知った事だが、土地の旧家でこの辺り一帯の大地主だった。近くの広大な団地も、その敷地の半分は花嶋家のものだったし、川沿いの大きな綜合《そうごう》病院もスイミング・スクールやゴルフ練習場もこの家の地所だそうだ。あの土俵のある弁天宮は、花嶋家の氏神の跡だということだった。この辺りの旧家は、各々《おのおの》その家の氏神を住居の中に祀《まつ》っているのだそうだ。

花見川は〝昔はせいぜい四尺ほどの流れ〟だったと花嶋さんは話した。先代が子供の頃《ころ》は、川をひょいと跳び越えて学校へ通ったそうだ。跳びそこねて落ちて濡《ぬ》れる子がよくいたそうだよ、と当主は笑って話した。

花見川は印旛沼《いんばぬま》の水を東京湾に引き落とすために、多くの人手と月日を費やして出来たものだそうだ。河川工事は実に江戸時代から何度も繰返されて、昭和の戦後になってやっと完成したのだという。昨日撮影した花島観音の台地が分水嶺となって、なかなかの難工事だったそうだ。

俺はあのトーチカの事を聞きたかった。だがそうすることで、三平少年やポォ婆さんに話が及びそうで、ためらってしまった。あの二人は、あそこにいることを人に知られたくないのではないか、とそんな気がしたのだ。また、二人の事は俺だけが知っている秘密であってほしかった。

だが以心伝心というのだろうか、向うから扉《とびら》が開いた。

「あなたはこの辺りをずい分歩かれたようだが、弁天橋の近くの、使われてない橋桁に気がつかれたかな」

と花嶋さんが切り出した。近郷一の大地主の邸の一部屋で当主が淡々と語る話に、俺は興奮した。思いもつかない話だった。

昔、この辺りには軍用の鉄道が敷かれていた。広軌のものと軽便鉄道の狭い鉄路が、二本並行して川を跨いで走っていたというのだ。橋脚はその名残りの物だ。

千葉鉄道第一連隊と津田沼鉄道第二連隊の間を、軍用列車が走っていたのだという。そう聞いたとたん、俺は胸が高鳴り、目の眩《くら》む思いに襲われた。白煙をあげ、鉄橋を揺るがせて走り来たり走り去る黒い機関車の姿が、不意に脳裏を満たした。

そうか！　そうだったのか！　だから転轍機《ポイント》があるのだ！

「そんな事を知ってる人も、今はもうほとんどいないが……」

花嶋さんは話し続けた。

「連隊鉄道の分岐点の跡が、この先の京成電車の大久保駅の手前辺りに、つい十年ほど前まで残っていた……」

夢のような話に呆然《ぼうぜん》としていた俺は、気をとり直して探りの一矢を放った。

「その鉄道連隊の物で、他に何か今も残っているものはないですか？」

「私が知ってるものでは、あの鉄橋の跡と、それにトーチカだね。以前は川のこちら側からも、そのトーチカが見えた。そういえば、この頃は見ない。雑木や藪《やぶ》に隠れてしまって、見えなくなったのだな」

放った銃弾が獲物に命中した時の、あの手応《てごた》えのようなものを感じた。トーチカは、やはりあそこにあるのだ。

「トーチカなんてものは、戦争映画でよくお目にかかったが、日本の本土にあるとは思いませんでした。上陸して来る敵を仮想して海岸線にあるのならわかりますが、どうしてまたこんな内陸に？」

「演習用のものだろう。日本が中国大陸に侵攻していた頃、満蒙《まんもう》の国境辺りででも見たものを真似《まね》て作ったんだと思う。鉄道連隊の守備訓練に使ったんだろうね」

俺が礼を言って花嶋邸を出た時は、すでに日が暮れていた。千葉北インターから入って湾岸道路をとばして帰る間、頭の中は軍用列車とトーチカに占領されていて、ほとんど無意識で運転していたように思う。


強い磁力に引き寄せられて、俺は仕事の間の寸暇をさいてトーチカへ通った。俺は千葉鉄道第一連隊に志願入隊し、陸軍工兵二等兵となり、三平軍曹の下に配属されたことになる。

トーチカで過ごす時間は、新鮮で刺激的だった。見るもの、聞くことが新奇で驚きに満ちていた。三平軍曹の襟章《えりしょう》は鳶色《とびいろ》で、左右の両端が翼のような形をしていた。左の襟には数字の1、右の襟にはレールの断面図に二挺《ちょう》の斧がぶっ違いに重なる徽章《きしょう》がついていた。鉄道第一連隊の印しだろう。胸の階級章は、赤地に一本の金筋と二つの星がついた、まぎれもなく軍曹のものだった。

彼が時々ポケットから出して覗《のぞ》く懐中時計《ポケットウオッチ》は、運転勤務用時計というのだそうだ。裏蓋《ぶた》に〝昭和十年購入〟と刻印されていた。原田曹長の遺品だろうか。この手巻きの時計はコチコチと動き続けて、半世紀以上の時を刻んできたのだ。

トーチカの銃眼は、十二時、四時、八時の方向にあって、この三つの窓で三百六十度の視野を確保していた。砦《わずら》としての装備は、三平軍曹の九九式小銃の他に飛び道具はなく、歩兵用の銃剣が一本、壁の犬釘《いぬくぎ》にぶら下がっていた。軍用の大型双眼鏡が頑丈《がんじょう》な木の三脚に据えられて、銃眼の側に備えられていた。ドイツ製の夜間望遠鏡《ナイトグラス》だそうだ。俺が誰何《すいか》されたのは四時の銃眼で、川とその果ての海の方を向いていた。

中央の食卓がわりの机や椅子の外に、八時の銃眼の壁際に木の小机があった。モールス信号で交信する無線通信機と、きちんと巻かれた一組の手旗、それに軍用ラッパが置かれてあった。

石油ランプが一つあるほかは、道具らしい物はなかった。がらんとした内部は、ポォ婆さんが綺麗《きれい》好きなのか掃除が行きとどいていた。そういえば三平少年も、洗い晒《ざら》しではあるが、いつも清潔なものを着せられていた。

トーチカは厚い壁が外気を遮断《しやだん》して、夏は涼しく冬はきっと暖かいだろうと思える居住空間だった。寒い日も、わずかな火で過ごせそうだった。寝具はなく、やはり二人は別の所に住んでいるのだろう。

少年は無口だったが、ポォさんはよく話した。どこか超然としたところがあったが、穏やかで、ほっこりと温かい人柄《ひとがら》だった。とりとめもなく、またしつこく訊ねる俺に、いやな顔もせず、飾らず隠さず淡々とした調子で話してくれた。

ポォさんは、担《かつ》ぎ屋《や》をもう五十年もやってきたのだそうだ。千葉の佐倉一帯の組合に加入している者だけでも、現在三百五十人がこの仕事をしているという。京成電車は、朝の通勤時の列車の最後尾一輛《りよう》を、この人たちのための行商専用車輛としていた。

年金ももらえるし、食うに困る者はなく、働く事が好きで続けている人が多いという。自分で作った季節の作物を商う人も大勢いて、前日の午後収穫した新鮮なものだけを扱っているという自負があった。

仲間と一緒に駅前に店をひろげる事もあるが、各々《おのおの》の長年のお得意に運ぶのを専門にしている人が多いそうだ。待ちかねていて喜んでくれる顧客の顔を見る事だけを楽しみに、働き続けているという。

担ぎ屋とか曽《かつ》てのカラス部隊という言葉から、俺が想像していた暗いイメージは、今は微塵《みじん》もない。

「でも戦中や戦後の頃は、食料品も徹底的に統制されていたと聞いてますが、配給のわずかな食料品で皆な食うや食わずの状況だった筈《はず》ですね。行商する品物なんて、とても仕入れられなかったでしょう？」

「わしにはわしだけの問屋があった」

ポォさんは悪戯《いたずら》の秘密を打明ける少女のような表情で話しだした。

ポォさんの仕入れ先というのは、市立動物園だった。動物園の動物の餌《えさ》をくすねていたのだそうだ。物資は乏しいままに、動物園はそれなりの特配を受けていた。ポォさんはトンカチで叩きのばした古釘を使って、どんな錠も開けた。錠前に合わせて、釘の先の厚さや角度を微妙に調整するだけだそうだ。

ポォさんはこの鍵《かぎ》で、動物の檻《おり》を開けて自由に出入りした。象やキリンや野牛などの大型草食獣の餌の野菜や果物の上前を撥《は》ね、ライオンや虎《とら》からは、当時世間では見る事もできなかった肉をくすねた。

「ライオンや虎から！」

俺は驚いた。信じられなかった。

「猛獣の檻にも入ったのですか！　襲われなかったですか？」

　ポォさんはさらりと言った。

「良《よ》お言って聞かせるのじゃ。危険な者やないと話してやると、あれらも気を許す」

　俺は呆《あき》れ返るだけだった。魔力というのか、神通力というのか、この人にはやはり一種の超能力があるのだろうか。

「怖くはないのですか、虎や象が……」

「怖がると相手にそれが伝わる。怖れると駄目《だめ》じゃね」

　この小さな人は、世の中に怖れるものは何もないのだ、と思えた。

「だけんど、動物たちを餓《う》えさせるわけにはいかん。わしが頂いたのは高が知れたもんじゃ。あの頃、わしや仲間が餓えずにすんだのは、専《もっぱ》らあの人のお蔭《かげ》じゃった」

　ポォさんは昔を偲《しの》ぶ遠いまなざしになった。

「軍用列車がここを通過する時、あの人は貨車の戸を開けて、大きな荷を一つ落としてくれた……」

「原田曹長ですね」

「あぁ。荷物を落とすと、あの人はこちらに向かってサッと敬礼を一つして行ってしまうのじゃ。その姿が凜々《りり》しくて……」

ポォさんは、うっとりと話し続けた。

「梱包《こんぽう》した荷物の中味は、パン、砂糖、小豆、メリケン粉、肉や魚の缶詰《かんづめ》、それにコーヒーや煙草《たばこ》、石鹸《せっけん》のときもあった。娑婆《しやば》じゃあ、まず手に入らん物ばかりじゃった……」

何時《いつ》の時代の、何処《どこ》の国の戦争でも、世間から消えた物が政治屋や軍部には何もかも腐るほどあったのだ。

「包みを開けるのが楽しみでな。宝の箱を囲むようにして、皆な目えギラギラさせて開けたもんじゃ。担ぎ屋仲間やこの近くの人と、いつも分けて頂戴したよ」

俺はポォさんをすっかり好きになっていた。無心で世間から超脱したその人柄に魅せられてしまった。

俺は、最も気になる事を聞いていた。

「あのー、三平君が警備しているという軍用列車の事ですが……今もそれは走っているのですか？」

ポォさんは、何とバカな事を聞くもんだという表情で俺を見た。

「だから守っているのじゃろ」

「ははぁ……それはそうだ。それでその汽車は、ポォさんにも見えるのですか？」

「誰にだって見えるさ。あんなに煌々《こうこう》とライト光らせて、地響きたてて走って来る大きなもんは、いやでも見えるわ」

俺は言葉がなかった。

「それに、汽車が走るのは月や星の明るい夜だけじゃから……」

4

冬のニュージーランドのマウント・クックやフィヨルドのロケから帰ると、日本は八月だった。時差ぼけ、季節ぼけで、一緒に行ったスタッフは皆体調を崩したようだった。だが俺はまたトーチカに出向いていた。カメラマンに要求される才能の第一は、体力だ。

4WDの車を川沿いの空地に駐めて、草の中を歩く五百メートルほどの道なき道にも馴《な》れた。三越で買っていくドライアイスを詰めたモロゾフの氷菓に、三平は目がなかった。ポォさんは、何とネービーカットを気に入ったようだ。以前イギリスにロケした時に知った煙草が、クライストチャーチの町にあったのだ。日本では今は、パイプ用の刻みはあっても、この両切りのシガレットは手に入らない。髭《ひげ》の水兵の絵が描かれた魅惑的なデザインの、癖のある強い煙草だ。

ポォさんは戦後の一頃、町からの帰りの荷で、アメリカ兵が流すチョコレートや煙草を運んだそうだ。

「ネエベェカットゆうのかね。洋モクは日の丸もラクダも吸ったけんど、こんなのはなかった」

日の丸はラッキーストライク、ラクダはもちろんキャメルの事だろう。

ポォさんは煙草にはかなりハードな嗜好《しこう》を持っているようだった。ポォさんはこのイギリスのシガレットを、いつものように二つに千切って煙管《きせる》に詰めて吸った。煙草を真中からカットする事を、ネービーカットというのかしらと俺もバカなことを考えたりした。

後日気づいた事だが、俺の土産は溶けてなくなり、煙と消える物ばかりで、形に残る物は何もなかった。

二人には見える軍用列車を、俺もぜひ見たいと思った。列車が来る日時は、どうして知るのか、と三平に聞いた。指令があるのだという。誰が、どんな方法で指令を伝えてくるのかというと、原田曹長から無線の連絡が入るのだという。

俺は机の上の無線通信機を指さして聞いた。

「あれかい。すると君はトンツーのモールス符号がわかるのか」

「当たり前だ」

「ふーん、凄《すご》いな。手旗信号も出来るのかい」

「あぁ。初年兵の時から訓練受けるんだ」

「一度見てみたいな。君が通信しているところを」

「手旗はここでは使わん。使うのは、非常事態で列車を急停車させる時だけだ」

俺は訊ねた。

「ところで、この次に列車が来るのは何時だい？」

三平は即座に答えた。

「明日だ。二十時〇《ゼロ》五分。軽便二号列車」

「わ、わたしも、いや松村二等兵も志願します。警備に就きます！」


その夜、俺はキヤノンEOS《イオス》1にASA千六百の超高感度フィルムを詰め、さらに集光反射鏡つきの強力なストロボまで用意して夜行列車を待った。列車は定刻に来て、トーチカの前を通過した。いや、通過したようだ。だが俺には見えなかった。

俺は八時方向の三番銃眼に顔を押しつけて、今か今かと汽車を待ったが、月明かりの中の丈なす夏草とその向うに広がる闇《やみ》だけで、何も見えなかった。正面の一番銃眼の三平と右手の二番銃眼のポォさんは、機関車の音を聞き、列車を見送っている明らかな表情があった。

俺の心中では、俺には見えなかったという疎外感《そがい》と、見えなくて当然で見えるというのがおかしいのだと納得しようとする気持ちが小競り合《こぜあ》いしていた。

「チンチンボイラーじゃったな。今夜は」

ポォさんが言った。俺はポォさんの言葉を捉えて、質問した。

「チンチン何ですって？　何ですか、それは？」

「チンチンボイラー。軽便鉄道の古い機関車よ。機関車が二台、尻《しり》でつながってたろ」

俺も当然それを見たと思いこんでいる口ぶりだった。

「あの汽車は、ポッポ、ポッポ、ポッポと二台の音をぴったり合わせて走らにゃならんから、機関士は大変なんじゃ」

鉄道連隊の事をもっと話して下さいと俺は懇願した。相変わらずの柔らかな笑顔で、ゆっくり話すポォさんの話を、俺は固唾《かたず》をのむようにして聞いていた。

鉄道連隊の軌道は軌間がわずか六〇センチの軽便鉄道のレールと広軌のものが並んで走っている。軽便鉄道は練習用に設けられたものだが、もちろん実用に活用されているという。

愛称をチンチンボイラーというのは、正式には双合軽便機関車のことで、ドイツ製だそうだ。全く同じ型の機関車を二台、一台は前を、一台は後ろを向いて後部を連結し、たった二人の鉄道兵で運行する。一人は運転に、一人は火焚《ひた》きに専従する。

煙突は細長い筒の上に蓋《ふた》つきの大鍋《おおなべ》を載せたようなおかしな形で、その後に高さの違うコブが三つ並んでいる。煙突の上のシチュー鍋は消音装置だ。

二台の機関車のブラスト音をぴたりと揃《そろ》えて走らないと、機関車は別々の働きをし、連結部がガチンゴツンとぶつかり合って牽引力《けんいんりょく》が均等に働かない。機関士は非常な熟練を要した。

機関士が両方の加減弁を握り、二台のブラスト音を同じにして、軽くポッポ、ポッポとリズムを合わせて走ると、どんどんスピードを増していくという。その音からチンチンボイラーと呼ばれたそうだ。

原田曹長は上等兵の頃、連隊きっての名機関士だったそうだ。娘だったポォさんは、よく機関車に乗せてもらって田園のドライブを楽しんだ。線路に沿った野原で待っていて手を振ると、機関車は徐行して娘たちを乗せてくれた。望む場所でまた徐行してもらって跳び下りたという。

軽便鉄道は、その後新式の五軸動輪型や、ディーゼル車やモーターカー式が導入されたり開発されたりしたが、ポォさんはチンチンボイラーの方がずっと好きだった。チンチンボイラーの独特のリズミカルな音と乗り心地を知った者は、誰もがこの旧式機関車を愛したという。

ポォさんは軍用鉄道については、外来語の専門用語やスペックの数値を驚くほど明確に記憶していて、淀《よど》むことなく話した。

「こいつが妙な煙突から火の粉を撒《ま》き散らして元気に走る姿は、勇ましくまた風情《ふぜい》があってな。わしゃこれに乗る時が一番楽しかった」

一方、広軌の普通列車の方の機関車も、明治、大正の頃から何度か変遷《へんせん》した。昭和になってC12機関車がボワーッボワーッと豪快な吹鳴《すいめい》汽笛を上げて登場し、活躍する。そしてやがてC56機関車の時代となった。

動輪直径一・四メートル、全高三・七メートル、五〇五馬力、最高時速七五キロ、機関車の円形の前部正面にはC56の後に二桁のシリアルナンバーが続くプレートをつけて、円形のヘッドライト、短くなった煙突、太く逞《たくま》しい二つのボイラー、そして上部中央に真鍮《しんちゅう》の汽笛吹鳴器がついた、典型的なSLの勇姿だった。

前後の線路上の警戒看視をよくするために、炭水車の後部を斜めにカットして、機関室からも射撃出来るようになっていた。花見川を走るのは、このC56機関車が主だという。

俺はポォさんに打ちあけた。

「実はわたしには機関車が見えないのです。どうしてでしょう」

ポォさんは、おやそうかいという顔で、関心もなさそうに煙草をくゆらせていた。俺はポラに写っていたポォさんの荷籠《にかご》の札の文面を思い出し、とにかく相談してみようと思ったのだ。

「どうしたら、わたしにも見えるようになりますか。何か特別な修練が必要ですか」

ポォさんは答えなかった。

「あなたたちに見えて、わたしに見えない……あなたたちにあって、わたしに無いものがあるのでしょうか？」

ポォさんは、うーむと一つ呻《うめ》いてこう言った。

「子供の頃の、絵本や活動写真で見た事を、あんたその時は信じてたかね」

俺は虚を衝《つ》かれたような気がした。何事をも信じて、疑うことを知らなかったあの至福の頃……誰もが持っていて、そして誰もがいつか忘れてしまった無垢《むく》な心……。

「あなたの言うのは、子供ごころというようなもののことですね」

俺は膝《ひざ》をのり出して訊ねた。

「それを取り戻すには、どうすればいいのですか？」

ポォさんは涼しい顔で言った。

「それは自分で考えるんじゃな」

「待って下さい。あなたは、人がなくしたものを見つけてくれるんじゃあなかったですか。探しているものを教えてくれる筈でしたね」

俺は迫った。

「何でもいい。何か手がかりを教えて下さい」

ポォさんはちょっと考えた上で、こうつぶやいた。

「何かこう……バカバカしい事でも、やってみなされ」

5

仕事が疎《おろそ》かになったというのではないが、俺はその頃からあまり仕事を取らなくなっていた。もともと何本も掛け持ちして器用にこなす方ではなかった。一本一本気を入れて、納得のいく仕事をしてきたが、このところは心の一隅《いちぐう》に何時もあのトーチカが居《い》据《すわ》っていて、気持ちが半ばそちらに行ってしまうのだった。

スコールのような俄か雨《にわかあめ》が上がった午後、俺はトーチカを訪ねた。夏の盛りの草木は、雨をたっぷりと吸って、むせ返る熱気を放散していた。俺は泳いだように全身を濡らしてしまった。

最初の日、臑をぶつけたあの転轍機《ポイント》は、トーチカから十メートルほどの案外近い所にあることに俺は気づいた。その事を三平に話してみた。

「このすぐ後ろに、鉄道の手動ポイントがあるのは知ってるだろ」

「当たり前だ」

「あれは、もう長いこと使われてないようだな。錆《さ》びついてしまって、動きもしないな」

突然、三平は軍曹に戻った。

「松村二等兵、あのポイントを攻略せよ！」

「攻略？」

「あれを動くようにするんだ」

余計な事を言わなければよかったと後悔しながら俺は車に戻り、作新台の京葉ホームセンターまで行った。錆落としのオイル、金属ブラシ、赤いペンキ一缶、刷毛《はけ》、それに鎌《かま》などを買って来た。とんだ物要《ものい》りだった。

先ずポイント周辺の雑草を刈り、蔓やシノタケを伐《き》りひらいた。猛々しい草のギザギザの縁で、俺の手は血だらけになった、ポイントにオイルを吹きかけてはブラシで錆を落とした。基部に溜《た》まった砂やゴミを取り除いて、潤滑油を差した。車の工具を使って、ネジを緩めたり締めたりしながら揺さぶっていると、キキーッと悲鳴をあげて遂にポイントが動いた。

ポイントの鉄棒《バー》は、約五〇度の位置から水平になるまで下ろせるようになった。俺はバーも団扇《うちわ》のような円板にも、赤いペンキを塗ってきれいに仕上げた。俺は汗を滴《したた》らせながら、二時間の労働の成果を鑑賞した。オイルとペンキで甦《よみがえ》った鋳物《いもの》のポイントは、どこか懐《なつか》しいアンティックな風情があって、ちょっとした野外造形作品にも見えた。

俺は銃眼越しに三平に任務遂行を報告した。三平は銃こそ持たなかったが銃剣を腰に吊《つ》り、戦闘帽を目深《まぶか》に被《かぶ》って点検に来た。赤いペンキをテラテラと光らせたポイントを見るなり、三平は目を輝かせて叫んだ。

「これは凄えや！」

何だか俺も嬉《うれ》しくなって、得意になってバーを下ろしたり上げたりして見せた。三平軍曹は、たちどころに少年に戻った。俺を押しのけてポイントにとびついた。三平がポイント操作に夢中になっている間に、俺はトーチカまでのブッシュを刈って、専用通路を作った。道路作りも工兵の仕事だ。

この功労で俺は一等兵に昇進した。俺は考えた末に、ある事を思いついた。ニコンの黄色いストラップを一本おしゃかにして、裁《た》ち鋏《ばさみ》で三箇《こ》の星を切り抜いた。コレクションしたカメラの棚《たな》に敷いてあった赤いフェルトの端を、電車の切符ほどの大きさだけ切り取った。

フェルト地にナイロンの星を二つ縫いつけると、陸軍一等兵の階級章が出来た。万朶《ばんだ》の桜か襟の色と謳《うた》われた襟章を、サファリシャツの胸に貼《は》りつけた。さらにシャツの襟に、茶色のサインペンで鉄道兵の徽章を書いた。アーミーカラーの古い作業ズボンを潰《つぶ》して、戦闘帽のようなものを作った。残る一つの星を帽子の正面につけた。出来上がった手製の軍装で、俺は鏡を覗いた。無精髭を伸ばした脱走兵がそこにいた。

翌日、それを着てトーチカへ行った。挙手の礼をして「松村一等兵、入ります」と言うと、三平はちょっと驚いて俺を見詰めた。すぐ上官の威厳を取り戻して答礼し「よしっ」と言った。ポォさんが、何と片目をつむって俺にウィンクした。それじゃ、それじゃよと言ってるように思えた。

その夜俺は遠くの汽笛を聞き、迫って来る機関車の音を聞いた。だがやはり見えなかった。シュウシュウと蒸気を吐き、ゴトゴトとレールの継ぎ目を越えて、鉄の巨体を軋《きし》ませて通過する音だけは、手にとるようにはっきりと聞こえた。

やったぞ！　もうすぐだ。列車の姿が見えるのも、もうすぐだ……俺は小躍りしたくなるほど嬉しかった。

その時、横の小机の無線通信機が音を立て始めた。三平は走り寄ってダイヤルを調整した。トントンツーと信号が送られて来た。三平は鉛筆を握って、モールス信号を即座に文字にしていった。終わると、今度は自分が電鍵《キー》を叩いて受信確認のサインを送った。

体ばかり大きいが頭の少しあたたかい子供と見ていた三平の、特殊な技能を見せつけられて俺は驚き、畏敬《いけい》の念を抱いてしまった。

俺は三平軍曹からメモを受けとった。鉛筆の躍るような筆跡で〈7ヒ　20・15ジ　ウマノフン　ダイ1コ〉と書いてあった。明日八月七日、午後八時十五分に通過する鉄の馬《アイアン・ホース》が大きな糞、つまり荷物を一つ落として行く、という事だと俺は見当をつけた。

三平は俺にこの列車の護衛に就けと命令した。

三平は無線機の横の赤い房をつけたラッパを執ったと思うと、銃眼に向かって突如吹きだした。トーチカの壁に反響して、最初はとてつもない音に思えたが、どことなく嫋々《じょうじょう》たる余韻もある音色だった。

「何だい？　今のは」

俺は聞いた。鈍い光を放つ黄色いラッパを逆さに振って、三平が答えた。

「床とって小便して寝えー、床とって小便して寝えー……消灯ラッパだ」

その夜、俺はまた超高感度フィルムを詰めたカメラを持って、三番銃眼についた。三平は九九式小銃を一番銃眼に据《す》えた。ポォさんは中央の小机で、ゆったりと茶を飲んでいた。

三番銃眼から見える長方形の外景は、やはり星明かりの空と、さわさわと風に揺さぶられる夏草の波だけだった。

「時間がこんと汽車は来ん。まぁ、茶でも飲みなされ」

ポォさんに言われて、俺は逸《はや》る気持ちを抑えて茶をすすった。熱い焙《ほう》じ茶が体の中を下りて行った。

定刻三分前、俺はポォさんに礼を言って、また銃眼にとりついた。俺は、あっと驚いた。目をこすって見直した。

丈高い雑草の原は、芝を刈った牧場のような草原に様相を変えて、眼前に坦々《たんたん》と広がっていた。その遠い夜空が赤く焼けていた。遥《はる》かな野の果てに火の手が上がり、燃えていた。東京の方向だった。東京が燃えているのだ！

その時、汽笛が聞こえた。C56機関車の腹に響く汽笛を聞いた。来たぞ！　俺はEO《イオ》

S《ス》1を握りしめて、銃眼に顔を押し当てた。

最初は光だった。銃眼の左隅《ひだりすみ》に、いきなり光芒《こうぼう》が現れた。ヘッドライトの円光の中に浮かび上がる機関車の前面が見えた。

一瞬、光彩が銃眼を撃ち、俺の目を眩《くら》ませた。野原の中の線路は大きくカーブしているのか、機関車は迫りながら刻々その側面を見せた。シュウシュウと白い蒸気を盛大に吐き、トーチカから二十メートルほどの所を真横になって走って来た。五輌の貨車と客車を一輌引いていた。急にスピードを落とした。

ボワーッ！　と耳を聾《ろう》する汽笛が鳴った。その時、三輌目の貨車の扉《とびら》が大きく引き開けられた。黄色い明かりを背に、男が一人すっくと立っていた。原田曹長だ、と俺は直感した。貨車から大きな四角い荷が放り出された。

野原に伏せていたのか、パッと立ち上がった人影があった。いずれも黒い頬かぶり、黒い着物の四人の女だった。女たちは線路までの昇りの勾配を走った。野兎《のうさぎ》のように敏捷《びんしょう》だった。女たちは荷物を持って駈《か》け戻って来た。

トーチカの前で停《とま》った女たちは、頬かぶりを取って貨車の男に向かってお辞儀した。一際《ひときわ》小柄《こがら》な一人が、影の男に手を振った。その横顔に見覚えがあるように思った。何ということだ。それはポォさんだった。若々しい潑剌《はつらつ》としたポォさんだった。影の男は背を立て、さっと手を挙げて答礼した。肩幅の広い、長身の影だった。

　俺は我れにかえり、銃眼にレンズを押し込むようにしてカメラのシャッターを切った。シェードが下ろされていたらしい後尾の客車の窓が一つ明るくなった。女たちが、ぱたと伏せた。貨車の扉が閉まった。列車は速度を上げだした。

　列車の赤いテールライトを見た時、俺は走り、穴を滑り下りるようにしてトーチカの外へ転がり出た。走り過ぎる軍用列車の全容を撮ろうと思ったのだ。

　だが外は茂るがままの雑草の荒れ野で、列車の姿はなかった。テールライトも見えず、たった今轟音《ごうおん》と共に巨大なものが通過したと思える気配は何もなかった。燃えていた東京の空を振り返った。闇があるだけだった。


　ＡＳＡ千六百の超高感度フィルムは、何も写してなかった。ヘッドライトの光も、テールライトも写らなかった。だが、俺は見た。この目でしっかと見ていた。機関車のプレートのシリアルナンバーはC5699だった。ポォさんは三十歳前後で、今までは気づかなかったが項《うなじ》にぽつんとほくろがあった。

　雨の日、俺は事務所のソファーに寝そべって、終日ぼんやりしていた。ある考えに捕われた。

俺が見たあの夜の光景は、トーチカの銃眼を通してしか見えないものなのだと。銃眼のシネマスコープ・サイズのフレームからだけ見ることの出来るロードショウなのだと。あるいは、シミュレーション画面のように、眼前に展開し通過する見せかけの映像なのかと……

それにしても、それは誰にでも見えるものではないのだ。ひょっとすると、ポイントの頑固《がんこ》な錆を落としたことで、俺の錆びついた心が少しきれいになったのだろうか。ポイントを動かしたことで、俺は別の軌道に走り込んだのだろうか。電車の切符の大きさの階級章は、軍用列車の駅の入場券だったのだろうか。

ポォ婆さんがヒントをくれた〝バカバカしいこと〟をやったことで、俺は開眼《かいげん》したのだろうか……

八月九日に受信した無線通信の文面は、短いが緊迫感のあるものだった。〈フウウンキユウ　ココロシテタイキセヨ〉三平は受信したと合図を送った後で、ポォさんにうながされて長い文面の通信を送った。ポォさんが打電させた事の内容は、こういう事だった。

ポォさんが時々市立動物園の動物の餌を失敬している事は、前にも聞いた。原田曹長が貨車から落としてくれる軍用物資の中に、角砂糖でもあると、動物たちへのせめてものお礼に持っていってやったりしていた。そんなわけで、ポォさんは動物園の事情に明るく、情報にも通じていた。

最近、ある噂《うわさ》が流れていた。世間ではまだ誰も知らない怖い噂だった。

東京はすでに瓦礫《がれき》の街となっていたが、敵の次の目標は湾岸の大工場地帯から千葉市周辺だというのだ。焼《しよう》夷《い》弾《だん》の絨《じゆう》毯《たん》爆撃で千葉は焼野原となるだろう。

そうなれば、当然動物園も破壊される。虎やライオンなどの猛獣が檻から出て野放しになる。その危険を未然に防ぐために、猛獣や大型獣は近く薬殺されるというのだ。

動物たちを助けてやって、とポォさんは原田曹長に救いを求めたのだ。何か知恵を貸してと頼みこんだのだ。だが原田曹長とて神でもなく、スーパーマンでもない。どうする事も出来ないだろう。

八月十日、俺は二度目の列車を見た。その夜、原田曹長は機関車のフロントデッキに仁王立ちになっていた。ヘッドライトの皓々《こうこう》たる光の中で、曹長は手旗で信号を送ってきた。赤と白の小旗の動きは速く、閃《ひら》めくように見えた。三平は正確に読みとっていた。

〈アス　20ジ　ゼンインシユウゴウセヨ〉と伝えてきたのだ。

俺は動揺した。明日八月十一日は、どうしても断れないレギュラーの仕事があった。

スタジオで、きっと徹夜になる撮影だった。何やら重大会議になりそうな席に居れないのが残念でならなかった。

俺はぶすっとして、ポォさんに言った。

「全員って、どんな顔ぶれなんです？」

「三平とわし、それに神主と……」

「神主？　どこの神主です？」

「水神宮の神官じゃ」

「へえー、そんな人が何故《なぜ》また……」

俺はその人を知らない。

「神主はああ見えても、レジスタンスの長《おさ》じゃ」

「レジスタンス！」

そんな言葉がポォ婆さんの口から出ようとは想像も出来なかった。

「えへへ……原田曹長から教わったエーゴじゃ」

レジスタンスはフランス語だと思うが、それはいい。

俺は重ねて聞いた。

「神主さんが抵抗運動のリーダーだというのですか」

「わしら皆な戦争反対じゃもんね。軍部に出来るだけ損害与えようと頑張っとる」

「まさか、軍用列車を転覆させようというのではないでしょうね」

「アホな。汽車潰《つぶ》したら、元も子もない」

俺はポォさんに頼みこんだ。

「明日、わたしは用があってここへ来れません。明後日必ず来ます。明日の事を全《すべ》て話して聞かせて下さいね」

「わかった」

ポォさんが請け合った。

「あぁ、そうじゃ。ネエベエカットはもうねぇべかのお」


八月十二日、午後、三時間ほど仮眠しただけの呆《ぼ》けた頭で、俺はトーチカを訪ねた。

昨夜、行われたはずの重要な寄り合いの内容を知りたくて寝ておれなかった。

ポォさんが相変わらずのゆったりした口調で、急がずあわてず語った話の内容は、驚くべきものだった。俺の眠気は忽《たちま》ち雲散霧消《うんさんむしょう》した。話はこうだ。

……戦争は敗《ま》けた。日本は降伏する。敗戦の機密情報を得た軍の幹部たちは、思い思いの方法で自己の対策に狂奔している。

来たる八月十四日の夜、司令部の中将をはじめ高級将校たち十一人が、鉄道連隊の列車を使って逃亡する、というのだ。原田曹長はこの列車の運行分隊長を命じられた。問題は列車の積荷である。軍が秘匿《ひとく》してきた金銀と巨額の現金、それに食料品やあらゆる隠匿物資を貨車五輌に満載し、後尾車輌に十一人が乗り込む。

津田沼鉄道第二連隊から出て、花見川を渡り、終点の千葉鉄道第一連隊の操車場に潜り込む。ここにひそかに待機させる特別仕立ての軽便鉄道列車に積荷を移す。八輌の車輌の先頭と最後尾に、二輌ずつのチンチンボイラーを連結してあるのだ。

訓練で架設した狭軌《きようき》の線路が、外房の小湊《こみなと》まで延びているという。チンチンボイラー四台の動力で軽便鉄道の長い列車はこれを走り、やはり架橋演習で構築した木造の鉄道橋で谷川を越える。そして山中の秘密の壕《ごう》に物資を隠す。再会を密約してある十一人は、金銀や現金を持って八方へ散り、潜伏する、という計画だ。列車を運行し、荷の運搬に使われた鉄道兵たちは、当然ここで殺されることだろう……。

この秘密計画を原田曹長に伝えたのは、逃亡列車の指揮官である大佐の従卒だった。この少年兵は鍾馗髭《しようきひげ》の大佐の稚児《ちご》でもあった。少年兵は大佐を憎悪《ぞうお》し、寡黙《かもく》で剛直な男らしい原田曹長にひそかに憧《あこが》れているらしい。

これに対する原田曹長の作戦計画は、大胆不敵だった。曹長は逃亡列車をトーチカの前で停める。五輛の貨車の積荷を根こそぎに横奪《よこど》りする、というのだ。列車を運転する二人の上等兵と貨車に潜ませる兵士は、曹長の腹心の部下である。

後尾客車の高官たちは、おそらく酒をくらい飽食して眠りこけているだろう。だが事に気づいて、とび出して来るかも知れない。そうなれば、たちどころに銃撃されるだろう。

決戦の時は二十三時三十分。今度は傷つき、命を落とす者も出るかも知れない。最後の、そして決死の作戦となる。人手も要るが、志願する者だけでやる。覚悟してかかれ……ということだった。

俺は興奮した。しばらくは言葉もなかった。気をとり直し、思い切ってポォさんに聞いた。

「そ、それで、あなたたちはやるのですか？」

「当たり前だ」

三平が代わりに答えた。断固とした声だった。

6

急に入った仕事でして、と一応は繕《つくろ》っていたが、ある広告代理店が依頼してきた八月十三日から三日間のロケの仕事を、俺はもちろん断った。どうせ他の誰かで決まっていた仕事に違いない。掛け持ちでもしているそのカメラマンの都合が、直前になってつかなくなったのだろう。俺はたとえどんなにあぶれている時でも、そんな仕事は受けなかった。俺にも誇りがある。それに今は、それどころではないのだ。

八月十四日を目前に、俺は懸命に考え、行動していた。

銃眼を通して俺にもやっと軍用列車が見えるようになったが、十四日の夜のおそらく最後になる機会を、何としてもカメラで捉えたかった。幻の映像をフィルムに焼きつけたかった。

八月十四日は明後日だが、銃眼の向こうの夜は、五十年も昔の一九四五年の八月十四日である筈《はず》だ。五十年前の光景を撮ろうとするのに、最新の機材では何かが合わないのではないだろうか。例えば空気といったようなものが違うのではないだろうか。

俺はコレクションした古いカメラの中から、ライカⅢｂ〝HEER〟を選んだ。一九三八年に出た機種でHEERは陸軍の意味だそうだ。ドイツ陸軍仕様のこの機種は、もともと製造台数が少なかったし、今や珍品とされている。軍用列車を撮るのに、これ以上ふさわしいカメラはないと思った。

俺はこの半世紀前のカメラに油を差して、手入れをした。ライカはこの前の型Ⅲａまでは、ファインダーと距離計の窓が二十ミリもあった。Ⅲbは改良されて二つの窓の間を六ミリに縮めた。このために速写性が大幅に増したのだ。

といっても当時のカメラのノブは、今の物のように指をかける巻上げレバーがない。速く多く撮るためには、親指の腹に力をこめてノブを回すほかない。俺は、ノブを回してはシャッターを切る練習に励んだ。急激な酷使で、親指の腹に血がにじんだ。

一方、これに装塡《そうてん》するフィルムを探した。古いカメラに詰めるには、古いフィルムであるべきだ。俺は親しくしているイマジカのキムさんに相談した。親しい者は誰も彼を金子という本名で呼ばなかった。キムチが好き、韓国美人が大好き、そしてパティ・キムの歌ばかり聞いていて、出張と称してしばしば韓国を往復している彼を、人はいつかキムさんと呼んだ。

意図を伝えると、キムさんはすっかり乗り気になって協力してくれた。彼もまた悪戯《いたずら》や冒険の好きな、不良少年の心を残した男だった。今は髪が白くなり始めた中年紳士だが、イマジカがまだ東洋現像所だった頃は、現像の現場の親分だった。つっかけ草履を履いてラボ中を我がもの顔でのし歩いていた。

彼が半日かけて探してくれたフィルムを、俺は一目で気に入った。缶《かん》に入ったモノクロのアグファだった。密封してある限り、半世紀はもつと保証されているとキムさんは言った。長い年月の間に、フィルムのパーフォレーションのピッチが多少緩んでいるかも知れない。ムービーカメラではスプロケットを泳がせて、フィルムを正確に送れないという事もあり得るが、フォトカメラで一コマずつ巻き上げる限り問題はないとも言った。

「俺が腕によりをかけて、増感現像してやるよ」

とキムさんは言ってくれた。何といっても、ドイツ製のカメラにドイツの生フィルムだ。

よしっ、機材は揃った。フラッシュもストロボもなしだ。トーチカの中からでは照明も効果がないし、それに俺は、選んだ獲物《えもの》と自分の腕で勝負したかった。さらに、キムさんが昔とった杵柄《きねづか》で手ぐすね引いてバックアップしてくれているのだ。

八月十四日は、異常なほど暑い日だった。人間の驕慢《きょうまん》さに遂に神が怒り、懲《こ》らしめのために炎の矢を射込んで、地球を焼き尽くそうとしているのかと思えるほどの、胸苦しいまでの暑さだった。

俺は手製の軍服に身を固め、ライカⅢb HEERただ一機を抱いてトーチカへ向かった。午後六時半、太陽が恥辱と怒りで真っ赤になりながら沈もうとしていた。花見川から見る西の空は炎のように焼けていた。

　トーチカの中は外界より明らかに三度は低く、汗がすぐ冷めたくなった。三平軍曹は緊張を隠せず、九九式小銃から弾倉を抜いて、弾丸を一つずつ油布で拭《ふ》く作業で気を紛らそうとしていた。ふっくらした童顔が少し蒼《あお》ざめていた。

　ポォさんは何時《いつ》もと変わらず落ちつきはらって、ネービーカットをふかしていた。

「早いお着きやのぉ。まだ五時間もあるぞ」

「えぇ。家にいても、何だか落ちつかなくて」

「今からそんなこっちゃあ疲れてしもて、肝腎《かんじん》の時働けんぞ」

　わかっているが、休んでおれないのだ。

　三平はピカピカに磨《みが》いた銃弾を、また弾倉に詰め直した。ずっしりと弾丸を孕《はら》んだ弾倉を油布で包んでポケットへ納《しま》った。無線機をいじったり、双眼鏡を調べたりして落ちつかなかった。ポォさんが俺に言った。

「あんた、何か食ってきたのか？」

「いや、つい……」

「そんな事じゃろ思うて、焼きむすび作ってきた。先ず腹ごしらえじゃ。腹がへっては戦《いくさ》は出来ん。茶も淹《い》れてやるから……」

ポォさんの焼きむすびは美味《うま》かった。醬油《しようゆ》をつけてこんがりと焼き、おぼろ昆布《こんぶ》で巻いた固い握り飯は、嚙むほどに素野な滋味が口中に溢《あふ》れた。「む？」歯触りのある、ほの甘いものを嚙んで、俺はむすびを見た。

「勝ち栗《ぐり》、勝ち栗」

ポォさんが言った。

「昔、兵士《つわもの》たちが出陣の前に、勝ち戦祈って食った勝ち栗じゃ」

熱い焙じ茶は、焼きむすびによく合った。いつもの香ばしさの他に、何か別の匂《にお》いが混じっているように感じた。一摘まみの野の匂いとでもいうようなものがあった。二箇《こ》の握り飯で俺は快《こころよ》く満腹した。腹が満たされると、正直なもので少し眠気を催した。

ポォさんに起こされた時、俺は五分ほどまどろんだのだと思った。三平もポォさんに声をかけられて目を覚ました。俺は腕時計を、三平は懐中時計を、同時に見た。

十一時！　何と四時間も眠ったのだ。深い眠りだった。しかも爽《さわ》やかな寝覚めだった。五体に生気が満ちていた。三平の頰《ほお》にローズピンクの血色が甦《よみがえ》り、鳶色《とびいろ》の目が澄んでいた。

俺たちは、ポォさんに一服盛られたのだろうか。ポォ婆さんのつづら籠《かご》には、草根木皮を使う秘薬まで隠されてあるのだろうか。だがそれはどうでもいい。俺たちはお蔭で、戦いに臨む生気と勇気を取り戻していた。

三平はポケットから全弾装塡した弾倉を出して、銃にパチッと叩き込んだ。ボルトを引いて弾丸を薬室に送った。腰の据わった動きに、自信と闘志が見えた。この時、三平は十五歳の少年でなく、若く凜々しい武士《もののふ》だった。

俺は作業ズボンで作った、しおれた戦闘帽を脱ぎ、日の丸の印しの白い手拭いできりりと鉢巻《はちま》きした。


月も星もない闇夜だった。遠い野末が焼けていた。日本が燃えていた。

十一時三十分。銃眼の左隅に光が現れた。機関車が光輝を振りかざしてやって来た。俺は日の丸のヘアバンドを銃眼の壁に押し当てて、ライカのシャッターを切り続けた。

列車はトーチカを粉砕するように驀進《ばくしん》し、大きくカーブして真横になった。どんな技術を使ったのか、列車は急速に速度を落とし、しかも急停車の反動も見せずに停まった。汽笛もなかった。

五輌の貨車の扉が、同時に引き開けられた。一輌に一人ずつの兵士の姿があった。作業服にゲートルを巻いただけの軽装だ。機関車から、背の高い兵士が跳び下りた。原田曹長だ。軍刀を背中に斜めに背負っていた。曹長が、上げた手を振り下ろした。兵士たちが、積荷を次々と投げ落とした。

その時、辺り一帯の野に伏せていた黒装束の女たちが、一斉《いっせい》に起き上がった。百名の担ぎ屋が荷物に襲いかかった。まさにカラス部隊だ。カラスの百人隊だ。

先頭で指揮する百人隊長《センチュリアン》は骨格逞《たくま》しく、ただ一人の男のようだった。こちらを向いたその顔の木のような肌《はだ》が、貨車の明かりでてらりと光った。能面だ。能面を被《かぶ》っているのだ。

能面が片手に持った指揮棒を振った。カラス部隊は荷を担いで、一列になって歩き出した。夜目にも白い小旗の指揮棒と見えたものは、御幣《ごへい》だった。神主がお祓《はら》いに使う白紙を挟《はさ》んだ棒である。

後尾の客車のシェードを下ろした窓の下を、カラス部隊は粛々《しゅくしゅく》と声もなく西へ進んで行った。

突然、トーチカの陰から、山のような巨大なものが現れた。銃眼を塞《ふさ》ぐようにして動いて行った影は、何と象ではないか！

象の背に、若いポォさんが跨っていた。有り余る生気を弾ませた、見るからにお侠《きゃん》なポォさんは、曲馬団の女のように艶然《えんぜん》と笑っていた。象がもう一頭続いていた。番《つがい》の象は、鼻を振り振りゆっくりと斜面を上って行った。

ポォさんが振り返って、しなやかに手を一振りした。現れたとてつもなく長い首の怪獣はキリンだ。次から次と動物が現れた。俺はトーチカの中を走って、二番銃眼にとびついた。いつもはそこにいるポォ婆さんの姿がない事に気づかなかった。

初めてポォ婆さんを見た、あの野中の溝の道を、動物の黒々とした列が延々と続いていた。馬、牛、河馬《かば》、猿《さる》、兎《うさぎ》……ライオンがいた。虎もいた。俺は三番銃眼に戻った。積荷を空《から》にした貨車から、兵士たちが歩み板を下ろした。動物の列は静かに野を渡り、貨車に乗り込んでいった。

最後尾の客車のデッキから、兵士が一人跳び出して来た。ほっそりとした体型の兵士だった。大佐附きの従卒に違いない。兵士は走りながら、何か叫んだ。原田曹長がはっと振り向いた。

客車の窓が一斉に明るくなった。シェードが撥ね上げられたのだ。あちこちの窓が開いて、男たちが顔を出した。将校たちが気づいたのだ。

真っ先に下りて来た無帽、詰め襟《えり》シャツの大男は、五月人形のような鍾馗髭だった。指揮官の大佐だ。大佐は磨きあげた長靴《ちようか》の足もとをぐらつかせながらも、逃げる兵士を追って来た。腰の革ケースから拳銃を抜いて、兵士を撃った。二発、三発と撃った。兵士はつんのめり、よろよろと歩いて原田曹長に抱きとめられ、崩れ落ちた。

曹長は兵士を抱きあげて貨車にのせた。動物たちは全て五輌の貨車に収容されてしまっていた。原田曹長の合図で、貨車の扉は一斉に閉じられた。客車から数人の将校が、おっとり刀で跳び下りて来た。飲んで寝込んでいたのだろう、軍服の前をはだけたり、靴下《くつした》のままだったりのだらしない姿だった。

大佐が原田曹長に拳銃を撃ちながら迫って来た。曹長はがくっとのけぞって、背を貨車にぶつけたが、すぐ体勢を立て直した。大佐は弾丸を撃ち尽くした拳銃を捨てて、腰の軍刀を抜いて斬《き》りかかった。曹長は肩から抜刀すると共に、袈裟《けさ》掛《が》けに大佐を斬った。大佐は声もなく倒れた。

曹長は機関車を振り返り、心配そうに覗《のぞ》いている二人の兵士に合図した。兵士は機関室に消え、機関車が白い蒸気を吹き出した。手に手に拳銃や軍刀を振りかざした将校たちが闇雲に乱射しながら、曹長に襲いかかった。

その時である。俺の耳もとで銃声が炸裂《さくれつ》した。三平が撃ったのだ。先頭の将校が倒れた。三平は目にも止まらぬ動きでボルトを引き、空薬莢《からやっきょう》を弾き出して、次弾を送り込んだ。

九九式小銃が火を吐き、また一人将校が倒れた。三平は一発一殺の弾丸を放ち続けた。

夜をつんざいて汽笛が鳴った。曹長が肩を押えながらも、機関車によじ登った。機関車が蒸気を吐き、ピストンが一掻《ひとか》きして大車輪が空転した。

三平が俺に叫んだ。

「松村一等兵、ポイントを真上に上げよ！」

「真上に？」

俺は思わず聞き返した。ポイントが作動するのは、斜め上向きの位置から水平までだ。

「真上だ。天に向けるんだ。急げ！」

三平の激しい語気に、俺は尻《しり》を蹴《け》られたように穴から転がり出た。自分が拓《ひら》いたポイントまでの一本道を、何故《なぜ》か目をつむって走った。本能が目を開けるなと教えたのだ。ポイントに取りつくなり、円板の先を探って掴み、持ち上げた。バーは真上を向いた。驚く間もなく、俺は目をつむったまま走り戻ってトーチカに潜り込んだ。俺は叫んでいた。

「やったぞ！」

三平はラッパを執り、銃眼に向かって直立不動の姿勢で吹いた。〝出て来る敵は皆々殺せ！〟突撃ラッパだ。

機関車が動き出した。何時もの千葉第一連隊へ向かう方向でなく、大きく右へ外《そ》れて行った。俺はまた二番銃眼に走った。銃を持った少年が野原を走っていた。機関車から、ひざまずいた原田曹長が大きく手を伸ばして少年を待っていた。

俺は三番銃眼に駈け戻り、列車が動いたことで開けた視界の向うを見た。カラス部隊の列の後尾と、その向うに火が見えた。俺は夜間望遠鏡を三脚ごと持ってきて覗いた。

カラス部隊は水神宮に着いていた。能楽堂には、焚火《たきび》が火の粉を散らして明々と燃えていた。能面の人がお堂の錠を開けて、格子戸《こうしど》を開けた。床板を上げた地下室へ、カラス部隊は戦利品を運び込んでいた。

また汽笛が鳴った。俺は二番銃眼にとびついた。赤いテールライトを滲《にじ》ませて遠ざかる軍用列車は、花見川沿いに海へ向かっているようだった。ポイントを真上に向けた事によって、隠れていたもう一つの線路が浮かび上がったのだろうか。

何故かその時、俺は時計を見た。二つの針は、ぴたりと重なって真上を向いていた。

最後の汽笛は夢のように遠く、俺に別れを告げているように聞こえた。

エピローグ

熱病に冒されたような日夜が過ぎた。世間は秋になっていた。

俺は微熱の残る体をのろのろと起こした。写真がはらはらと床に落ちた。六つ切に伸ばした紙焼きには、C5699機関車が焼き込まれていた。光彩陸離《こうさいりくり》たるヘッドライトを輝かせて、白煙と蒸気を吐く軍用機関車が写っていた。

あの列車は、いったい何処《どこ》へ行ったのだろう。水神宮も弁天宮も花島観音も、皆な海を向いていたように、列車も海へ向かったのか。ノアの方舟《はこぶね》が七箇月と十七日かけて虹《にじ》の彼方《かなた》の山頂に着いたように、軍用列車は誰も知らない理想郷に向かって、今もひた走っているのだろうか。

俺は熱いシャワーを浴び、久しぶりに髭《ひげ》を剃《そ》った。秋のスーツを着こみ、踝《くるぶし》までのバックスキンの靴を履いた。封筒に入れた写真と、ネービーカットの最後のカートンを持って家を出た。三越に寄ってモロゾフの氷菓を買って、トーチカへ向かった。

花見川は満々たる流れになっていた。コガモ、カルガモ、ヒドリガモ、ハシビロガモ、キンクロハジロ、カイツブリたちが泳ぎ、羽搏《はばた》き、滑空していた。キュルルーと何処かでバンが鳴いた。

車を駐めて、草の中を歩いて行った。猖獗《しょうけつ》を極めていたあの夏草も、秋風に萎《な》え始めていた。雑木の中から、突然舞い上がるものがあった。三平のハイタカだ。

何か、昔馴染んだ女の部屋をそっと訪ねるような、甘酸《あまず》っぱい期待と不安があった。枯れた蔓《かずら》を這《は》わせたトーチカは、一層荒廃の色を濃くしていた。溝の草をかき分けて、横穴からトーチカへ入った。

トーチカは、人も人のいた気配もなく、銃眼から舞い込んだ枯葉が散るのみで、深閑としていた。俺はひっそりと暗いトーチカを見廻《みまわ》して、三平はそこにいた、ポォ婆さんはあそこにいたのだと、じぶんに言い聞かせていた。

俺はトーチカを後にした。もう二度と此処《ここ》へ来ることはないだろう。夏と共に、あの人たちは行ってしまった。だが、あの夏の暑さの記憶と共に、三平もポォさんも俺は忘れることがないだろう。

麦畑のミッション

1

日ごとに秋めくバークシャーの森は、ゴブラン織りのタピストリーのような、濃密でまた鮮かな色彩に溢《あふ》れていた。ブナやクリ、ナラの木々は全《すべ》て紅葉し、ナナカマド、キイチゴ、ニワトコなどの実が、飾り玉を撒《ま》いたようにいたる所で輝いていた。

ジェイムズとリチャードの父子《おやこ》が、下草の中をゆっくりと歩いていた。ジェイムズは軍服のギャバジンのズボンにカタバミの実をつけ、義父の古いフランネルのシャツの胸に旧式の水平二連の猟銃を抱いていた。

リチャードはスプリング式の空気銃を肩に担《かつ》いで、父の左側の少し後を歩いていた。

「父さん、この次は何時《いつ》帰ってくるの？」

リチャードが訊《たず》ねた。

「さあね」

梢《こずえ》をわたるツグミを目で追うジェイムズの口もとが、知らず知らずに笑みに弛《ゆる》んでいた。田舎が大好きなのだ。

「クリスマスには帰れる？」

「そうしたいね」

「去年のクリスマスは楽しかったね。父さんがビッグ・ジョンやタイ軍曹を連れて来て……」

「ああ、賑《にぎ》やかだった」

「ぼくはジョンが好きだよ。ふざけてばかりいるけど」

「いい奴《やつ》だ」

「相変わらず冗談ばかり言って、皆を笑わせてるんだろうな」

「ああ……」

　野戦病院のベッドに横たわるジョンの蒼《あお》ざめた顔が、ジェイムズの脳裏をよぎった。ジョンのあのゴム毬《まり》の跳ねるような陽気さは、実は極度の緊張や恐怖をひた隠して、自分自身を欺《あざむ》こうとする擬態だった。あの部署特有のストレスに神経を冒されて、今は廃人のようになっているのだと、息子に告げることはできなかった。

　父の表情に気づかないまま、リチャードが言った。

「今はぼくの方が大きいよ。ぼく、この一年で七センチも背が伸びたんだ。ジョンを追い越したと思う」

　木立ちの向こうに、明るく開けた耕地が見えて森が終るところで、鋭い羽音をたてて足もとから鳥の群れがとび出した。パートリッジだ。

　ジェイムズが銃を挙げ、左に流しながら撃った。逆光の鳥の羽毛がパッと散った。ジェイムズは体を捻《ひね》りながら銃を戻し、右へ振ってまた撃った。二羽のパートリッジが落ち、残りは藪《やぶ》にとび込んで消えた。

「上手《うま》いなぁ、父さんは」

　リチャードの声に、誇らしさが溢れていた。草むらを探して、ぽってりと肥《ふと》った鳥を二つ、抱くようにして持ってきた。

「まだ、温《あつ》たかいや」

「母さんに約束した夕飯の分は仕入れたぞ」

　銃を折って空薬莢《からやっきょう》を摘まみ出しながら、ジェイムズが言った。

　森を出ると、一面の麦畑だった。マーシュ農場である。むっちりと実を孕《はら》んだ穂を垂らした麦がどこまでも拡《ひろ》がり、秋の日射《ひざ》しの中で、まさに黄金《こがね》色に波打っていた。目を細めて見渡していたジェイムズがつぶやいた。

「土の甘い匂いがする」

「うん」

「このすばらしい土地の主人に、やがてお前はなるのだな」

「でもぼくは、飛行機乗りになりたかったんだ」

「なら、なればいい。男は自分が本当にやりたいことをやればいい」

ジェイムズは銃を折ったまま腕にかかえて、弾丸をこめようとしなかった。二発撃って二羽、今日の分はそれまで、と猟のけじめを無言で息子に教えたのだ。

「いつもなら、とうに穫《と》り入れてるんだけど」

リチャードが空気銃を折り、ＢＢ弾を抜いてポケットに納《しま》いながら、周りの麦畑に顎《あご》をふって言った。

「若い働き手がいなくなって、たいへんなんだ。昔からここにいる年とった人たちだけで、母さん朝早くから夜おそくまで働いてるよ」

「戦争が終わるまでは、皆な辛《つら》い思いをする」

リチャードはパートリッジの首を紐《ひも》の環《わ》に入れて、腰に下げた。歩くたびに重い獲物《えもの》が股《もも》を叩《たた》いた。ジェイムズが、ふと思いついたように言った。

「おい、水路を歩いてみよう」

「いいとも。でも、ちょっと歩き難《にく》くなってるよ。フローターのマックさんがやめてから誰も川の世話をしないから、雑草が増え放題なんだ」

水路や堰《せき》の管理をする人をフローターと呼ぶ。こういう専門職人は年ごとに減り、後を継ぐ者がなかった。

とてつもなく大きな黄色の絨毯《じゅうたん》に尺《さし》を当ててナイフで切り裂いたような溝が、麦畑の中に真っ直ぐ延びている。〝マーシュ家のリボン〟と呼ばれる小川である。リチャードの母方の祖父が切りひらき、エーボーン川に沿った大きな池から水を引いた灌漑《かんがい》用の水路だが、長い年月の間にガマやヨシ、ミズハコベ、クレソンなどが生い茂る、水のきれいな小川に成熟していた。

麦畑からくさび形に二メートルほど落ち込んだ幅三メートルほどの溝の中央を、細いが豊かな水量の流れが、するすると延ばしたリボンのようにほとんど一直線に走っている。流水の両側に人ひとりが歩ける沿道があるのだ。二人は麦畑から急に切れ込む斜面を滑り下りた。父は流れを跳び越えて右側を歩き、息子は左側を並んで歩いて行った。

茂る水草の中に、淡いピンクの花を残したシャボンソウが揺れていた。流れの上手《かみて》でキュルルーッと鋭い鳴き声があがった。

「バンか？」

「ミズハリイの蔭に巣を作ってるんだ」

リチャードが思い出し笑いに頬《ほお》を緩めた。

「ビッグ・ジョンが、来年のクリスマス・ディナーはあいつだ！　と言ったマガモも子連れで帰ってるよ」

一六五センチの小さな体のどこに入るのかと思わせる大食のジョンが、鴨料理にむしゃぶりつく姿は、だがもう見ることはないだろう。

リチャードが唐突に言った。

「父さん。この空気銃のこと、覚えてる？」

「ん？」

「十歳の時のクリスマス・プレゼントだよ」

「ああ、もちろん覚えてるさ。まだシカゴにいた時だ。あの年、お前は空気銃が欲《ほ》しいと歌のように言ってた」

「ぼくは、サンタクロースは本当にいるのだとあの年まで信じていた」

「……………」

「クリスマスの前の日曜日だった。ぼく、父さんの部屋の戸棚《とだな》を開けたんだ。父さんも母さんも教会へ出かけていて留守だった……父さんの釣竿《つりざお》を借りようとしただけなんだ」

まるで懺悔《ざんげ》のように、ためらいながら言葉を継いだ。

「そして見つけてしまったんだ。蓋《ふた》に空気銃の画《え》をプリントした長いボール箱を」

父は息子の告白を聞きながら、無頓着《むとんちゃく》を装って、おやまだベニシジミがいるぞと言ったり、草の実を摘まんだりした。ツタがこんな所で緑と紫の艶《つや》やかな実をつけていた。

「世の中にサンタクロースなんていないんだと、その時知ったんだ」

「……」

「見てはいけないものを見てしまったという後悔で、しばらくは気が重かった」

父がぼそっと独り言のように言った。

「わたしは、サンタクロースはいると今も信じている」

その時、目の前の水草の中からコガモの番《つがい》が飛んだ。父は反射的な動きで銃を立て、構えてコガモを追いながら、口の中で「タン、タン」と銃声をあげた。銃は空《から》のままだ。体を傾けて旋回《せんかい》して行ったコガモを見送りながら、息子が聞いた。

「当たった？」

「いや、外《はず》した」

外すもんか、父さんなら二羽とも落としていると息子は思った。

父は銃をまた折って肩に担いだ。息子は空気銃を両肩に水平にのせ、両手を銃に架けて垂らした。

「父さんの爆撃機《ボマー》は、まだ無傷なの」

「いや、無傷で飛んだのは十回までだ。より正確に爆撃するために昼間出撃するようになってからは、無傷ではすまなくなった」

不安に胸を衝《つ》かれて無口になった息子をふり返って、父は笑顔で言った。

「だけどあのジーン・ハーローはタフな女で、一つや二つ穴をあけたくらいではびくともしない。頭吹っとばされても還《かえ》ってくるぞ」

「機首《ノーズ》に描かれてる金髪の女の人だね。ジーン・ハーローというのは……父さんにもらった写真、いつも見てるよ」

「ボーイングB17Fは、世界一の爆撃機だ」

「それ、父さんの口癖だけど、どこが世界一なの」

獲物のパートリッジが丈《たけ》高い草に擦《こす》られて羽毛を散らすのを気にして、リチャードは吊《つ》り紐を腰から外し、空気銃の銃身にぶら下げた。

「姿のいいままで、母さんにあげたいからな」

とつぶやいた。

「先《ま》ず、グラマラスなんだ。あいつは」

言葉を探していた父が言った。官能的と言いたかったが、相手は子供だ。

「え、母さんのこと？」

「あ、いや。母さんもグラマーだが、Ｂ17の話だ」

「どういうこと？」

「何というか、こう、思わず手で触れてみたくなる豊かな丸味がある……」

母さんもそうだ、と息子は思った。

「大らかな包容力で、何もかも抱きこんでくれる。堂々としていて気品があり、何が起きようと動揺しない。だから誰もが心から信頼して安心する……」

「やはり母さんだ。Ｂ17は母さんにそっくりだ」

「言われてみればそうだな。ボーイングＢ17は母さんに似ているかもしれんな……それにグラマーには、魔法とか不思議な力というような意味もある。Ｂ17も母さんも、そんな未知の量りしれない力を持ってるように思う」

息子が悪戯《いたずら》っぽい笑みを浮かべて言った。

「母さんは、ますます大きくなるよ」

「やはり生まれた土地の水が体に合うんだろうな」

「父さんとアメリカで知りあった頃《ころ》は、ほっそりしていたんだと母さんは言ってるよ」

「ほっそりとはいえないけど、きれいだった。プロポーションはイギリスの女性が一番だと思ったもんだ。二人は学生だった」

「お祖父《じい》ちゃん……母さんのお父さんが亡《な》くならなかったら、ぼくたちはまだアメリカに住んでたんだろね」

「ああ。アメリカ本土が戦場になることはないだろうから、母さんやお前をイギリスへやらせたくなかった。だがマーシュ家には男子の後継ぎがなく、農場を継ぐのは母さんしかなかったんだ」

「それから三年経《た》ったね」

「イギリスを援助するのにB17爆撃隊の第八航空軍が派遣されたので、わたしはイーカー中将に直訴して志願したのだ。母さんやお前のいる土地で戦えれば本望だった」

二人が歩く先に、水路を跨《また》ぐ木の橋があった。引退したフローターのマックがまだ元気だった頃、ヤナギの倒木で作って架けた幅一メートルほどの手すりもない簡素なものだ。水路のほぼ中ほどにあって、二千メートルの間麦畑の片側からもう一方へ移るには、溝の底へ下りて流れを跳び越える以外はこの小橋しかなかった。だが長い間の風雨に晒《さら》されて朽《く》ちていた。リチャードが言った。

「よくあそこに座って、川を見たり空を見たりぼんやりしていた。でも木がもろくなって、うっかり座れなくなった……」

風が立った。飛ばされてきた木の葉が水面に落ちてぴたりと貼《は》りつき、流れて行った。うつろいやすい秋の空に雲が出ていた。

「さ、ぼつぼつ帰るか。迎えの車が待ってるだろう」

父はまた流れを跳び越えて来て、息子と並んだ。息子がつと足をとめた。

リチャードが黙って指さす先の水草に、一匹の大きなルリボシヤンマがいた。銀ラメを織りこんだオーガンジーのような羽根をピンと張り、瑠璃《るり》の硬玉のような頭をきらめかせ、エメラルド・グリーンと青の胴をもたげて尾の双剣を水面からあげた。父と子が顔を見合わせて微笑《ほほえ》んだ。

二人は斜面を這《は》い上がって麦畑に立った。銀色に薄らいだ日の光の中の丘の上に、煙突の煙を棚曳《たなび》かせた大きな家が見えた。丘の裾《すそ》を巡る川の岸のヤナギが、枝葉を大きく揺すっていた。ひとたび冬の風が吹けば、木々は一夜にして葉を落として寒々とした姿になり、川の面《おも》は色とりどりの落葉で覆《おお》われるのだ。

「父さん。この春のことだけど、ぼく不思議なものを見たよ」

息子が言った。

「暖かいある日の午後、川のこちら側の草の中に寝転がっていたんだ。ふと見ると丘の方からアナウサギが走って来るんだ。そしてそのまま川へとび込んで、こちらに泳いで来る……」

目を輝かせて話す息子の肩を抱いて、父は足を速めた。

「驚いて見つめているうちに、ウサギは川を泳ぎきって、跳ねて行ってしまった。農場の人たちに話しても、皆笑って言うんだ。坊っちゃん、アナウサギは泳ぎませんって……」

「信じられない事が、時には起こるもんだ。絶対にあり得ないといえる事など、世の中には何もない」

オリーブドラブ色のドアに白い星印の、ずんぐりした軍の車が、家の前に駐《と》まっていた。母屋を挟《はさ》む両翼の納屋の前では、収穫を運ぶ十数人の人が忙しく働いていた。

「父さん。戦争が終ったら、あの原っぱにミス・ハーローを連れてこれないかなぁ」

思わず立ちどまって、父は目を丸くして息子を見下ろした。

「爆撃機をか！」

「あり得ない事などない、と言ったばかりじゃあないか」

若い兵士が車からとび下りてきて、ジェイムズに敬礼した。

「大尉殿《たいいどの》、時間です。申し訳ありませんが、お急ぎ下さい」

「待たせたな。二分で出て来る」

階段を二歩で駈《か》け上がったジェイムズの広い背中を見送って、兵士は首をふって言った。

「まるでジープの板《フラット・スプリング》ばねだ」

ハイスクールの運動選手のように見える兵士を、しげしげと見ていたリチャードが聞いた。

「あなたもジーン・ハーローの搭乗員《クルー》なの」

「いや、残念ながら俺はまだ乗せてもらえないんだ。機が足りなくて……リチャードだね。ビッグ・ジョンが君のことをよく話してた」

兵士は車のシートに置いたティーカップの茶を飲みほして、ポーチの木の床に器を戻した。

「ジョンの話の通りの美味《うま》いお茶とケーキだった。あのラムケーキは君のママが焼いたのだろ」

兵士は基地からの二百キロを二時間半で走って来て、けろりとしていた。

陸軍航空隊大尉の上着をつけ、軍帽を目深《まぶか》にかぶった長身のジェイムズが、ギンガムの家庭着にエプロンをつけた豊満な女性の肩を抱いて出てきた。妻のシェリーである。

ジェイムズは妻の体を、一度しっかりと抱きしめた。階段を駈け下りてきて息子の薄い肩を摑《つか》んで引き寄せた。リチャードは父の腰にしがみついた。

「母さんを頼んだぞ」

ジェイムズはそう言い残し、助手席にとび乗った。兵士がイグニッションを入れた。リチャードが踵《かかと》を合わせて背筋を立て、父に向かってさっと挙手の敬礼をした。父は車上で腕をあげ、革の庇《ひさし》に手を当てて答礼した。軍用車は風を巻いてとび出して行った。リチャードの栗色《くりいろ》の髪が、ふわりと風に浮いた。

2

ジーン・ハーロー号は、第一コンバット・ボックスの三番に位置し、四ボックス編隊の最先頭編隊の一機として、今ドーバーの海を越えた。オリーブドラブとニュートラル・グレイに塗り分けたジュラルミンの機体を陽光にきらめかせた重爆撃機七十二機が、翼を連らねて飛ぶ光景はまさに壮観だった。

コンバット・ボックスは十八機を箱状に組んだ密集編隊である。アメリカ陸軍が昼間精密爆撃によるポイント・ブランク作戦をとるにおよんで、ドイツ本土の熾烈《しれつ》な対空砲火と、戦闘機による果敢な迎撃によって、B17の損害は急撃に増大した。その対策として考案されたのがコンバット・ボックスだった。

Ｂ17Ｆは50口径（一二・七ミリ）ブローニング機関銃を、通常十挺《ちょう》以上装備しているから、一コンバット・ボックスは二百挺に近い機銃を持つ防御隊形となる。これをさらに上下に三つ四つ積み重ねた一戦隊は、実に八百挺前後の火器を備えた文字通り〝空の要塞《ようさい》〟大軍団となるのだ。

首《こうべ》を巡らせてこの圧倒的な要塞軍団を見るとき、氷点下三〇度以下の機内で、厚い拘束衣のような電熱飛行服に五体を強張《こわば》らせながらも、七百数十名の兵士の誰もが深い信頼感と新たな勇気を覚えるのだ。

だがジーン・ハーロー号の十名の搭乗員《とうじょういん》の間には、今日は何時《いっ》になく尖《とが》った空気がこもっていた。下部球型銃座《ボール・ターレット》の射手、ジェフ・ガルシアが一荒れしたのだ。ジェフはビッグ・ジョンの後任に配属された二十歳の軍曹である。

ボール・ターレットは機体腹部に装備された直径約一一二センチの球体の銃座である。機内のボンベをつけたフレームから吊るされたアルミ枠《わく》と透明な合成樹脂の銃座で、三六〇度の視界をもち、油圧装置で上下左右いずれの方向へも自在に回転して二連装機銃を撃てた。

射手は平面の全くない球の内部で背を丸め、足を深く折って非常に窮屈な姿勢を強《し》いられる。当然、体の小さい者を基準に選ばれた。緊急脱出用のパラシュートも持ちこめず、機内から隔絶された閉所で全身を宙にさらすことになり、支援のない孤独に耐えなければならなかった。

死と隣りあわせた危険はどの部署も同じだが、この制式名A―2型下部銃座の任務は極度の緊張に神経症に陥る確率が高く、大勢の精神障害者を出した。〝最大の代価を要求する最高の観覧席〟などといわれた。

第八航空軍のB17搭乗員は徴用兵が多く、ほとんどが二十代の若者だった。ジーン・ハーロー号も機長のジェイムズだけが三十代で、それ以外は最も経験を積んだ爆撃手のブライアン中尉が二十七歳、七名の下士官は皆二十歳前後と若かった。最年少の後部射手アンディは十八歳で、つい最近までズボンの尻《しり》のポケットにゴムのパチンコを忍ばせていたような幼なさを、そばかすだらけの顔に残していた。

入隊前の職業も、ジェイムズは大自動車メーカーのエリートエンジニアだったし、ブライアンは新聞配達から百貨店のメッセンジャーボーイなどをしながら、苦労して大学を出た銀行員である。アンディは農夫の息子で、ジェフは少年院を出た後も定職をもたず、ギャングの使い走りをして暮らしていた男だ。全員が戦争の経験はなく、職業軍人は一人もいなかった。志願して入隊した者、学生応召の予備士官、そして徴用兵ばかりだった。

機首の、絹のドレスを着たジーン・ハーローの艶姿《あですがた》の下に、爆弾の形のマークが三列に並んで二十九個描かれているように、このジーン・ハーロー号はすでに二十九回出撃し、今日が三十回目の爆撃行である。

搭乗員は大家族の兄弟のように、泣いたり笑ったり喧嘩《けんか》をしたりしながらも、共に死線を越えてきて一心同体の九人と、新参のジェフは事毎《ごと》に衝突した。ビッグ・ジョンよりもさらに小さい一六二センチ、五五キロの体で、白イタチのように敏捷《びんしょう》で抜けめなく、どんな争い事にも手段を選ばぬ戦い方で、負けることがなかった。

人は彼の細く小さな顔に騙《だま》され勝ちだが、すぐその下の首は太く、一グラムの贅肉《ぜいにく》もない強靭《きょうじん》な筋肉の体をしていた。揉《も》め事を起こしてまわる扱い難い男だが、この機に補充されて来てからの三度の出撃で、すでにフォッケウルフ190戦闘機を五機撃墜していた。天性の射手であり、生まれながらの殺し屋といえた。

今朝、ジェフは全身からバーボンの臭《にお》いを発散させていた。それを詰《なじ》った航空士のナッシュにジェフが嚙みついた。「それで仕事をドジったことがあるか」というのがジェフの言い分だった。そんな事もあり、また危険度の高い今日の出撃の不安で重苦しい気分のまま部署につき、各自の仕事を黙々と進めていた。

副操縦士、爆撃手、航空士と順に後部射手までチェックの点呼を終えた時、司令塔からの〝待機〟の伝令が入った。目標のドイツ中部のシュワインフルト方面の天候が悪いというのだ。下士官たちは口々に罵声《ばせい》をあげた。各自が自分なりに気力のボルテージを高めていって〝よし行くぞ〟というその時に、待ったがかかることほど苛立《いらだ》たしいことはない。待った末に中止になることもあるが、出撃は延びただけで無くなったわけではないのだ。

機の周りの芝や草むらで、為《な》す事もなく待機させられる半端《はんぱ》なひと時、ジェフの誘いに応じた数人がカードの手慰みをした。ナビゲーションルームのボリュームを上げたラジオから、グレン・ミラー軍楽隊の演奏する「チャタヌーガ・チュー・チュー」が流れてきた。アメリカから慰問に飛んで来たザ・モダネアーズのコーラスをバックに金髪のフランセス・ラングフォードが歌い、トレンチコートのミラー自身がトロンボーンを吹いていた。

右側射手のブッチが、あっという間に二《に》箇《か》月《げつ》分の給料を巻き上げられた。

「この、いかさま野郎」

獅子《しし》っ鼻のブッチが顔を真っ赤にしてカードを叩きつけた。ジェフはせせら笑って言った。

「ああ、いかさまだ。口惜《くや》しかったら現場を押さえてみろ」

だがジェフは、いかさまをやってなかった。この連中にはいかさまを使うまでもなかった。博打《ばくち》は彼の仕事の一部だったのだ。ジェフは人を挑発《ちようはつ》し、火をつけ煽《あお》りたてて、自分も火傷《やけど》を負い続ける男だった。

ジェフが執拗《しつよう》に追い討ちをかけた。

「てめえは、いかさまを使ってもリングで勝てなかったな」

ジャクソンビルの試合のことをいってるのだ。ライト級の合衆国南部選手権のタイトルマッチでブッチは敗《ま》け、再起不能のダメージを受けてリングを去ったのだった。

ブッチは血相を変えて立ち上がった。撲《なぐ》りあいが始まろうとするその時、出撃命令が出た。ブッチがジェフに約束した。

「いつかお前を殺してやる」

ラルフやタイに分けられ、押し込まれるようにして二人は機に乗込んだのだった。

ジェイムズは操縦桿《そうじゆうかん》を握り、高度七千メートルに機を保ちながら、ジェフという男は下部銃座特有の重圧に、あれで精いっぱい対抗しているのだと思った。誰もがそれぞれの方法で怖れを克服しようとしながら、必死で戦っているのだと思った。

唐突に、ビッグ・ジョンを引き取りたいという思いが湧《わ》いた。戦争が終れば、ジョンをマーシュ農場に連れて帰ろうと思った。バークシャーの田舎の暮らしは、〈ビッグ〉ジョン・ケリーの損なわれた心をやさしく宥《なだ》め癒《い》やし、ゆっくりと回復させてくれるのではないかと考えた。

「後、二十分で目的地だ」

航空士《ナビゲーター》のナッシュが告げた。指揮機のフォア・エイスズ号から、高度五千に降下、三千で爆弾投下を指示してきた。

「射手、銃座につけ」

ジェイムズが命じた。

右銃座の機銃の前に仁王立ちになったブッチが、首にかけたロザリオをまさぐり出して唇《くちびる》に当て、素早く十字を切った。目敏《めざと》くそれを見たジェフが言った。

「神頼みか、ブッチ。無駄《むだ》だ。おめえの運は空っけつだ」

ブッチはブローニングの銃《じゅう》把《は》を握りしめて、背を向けたままじっと我慢していた。タイが下部銃座のハッチを開けてジェフを押し込んだ。銃座に入りながらもジェフはコインをとり出し、親指の爪《つめ》で弾《はじ》き上げて言いつのった。

「賭《か》けるか？　勝てば俺の運を分けてやるぜ」

ブッチは首を捻《ね》じ曲げて吠《ほ》えた。

「この疫病神《やくびょうがみ》め。さっさとその丸い棺桶《かんおけ》に入りやがれ。俺が蓋に釘《くぎ》打ってやる」

膝《ひざ》をついてハッチを閉めてやっていたタイが、ハッと顔をあげた。

「よせ。不吉なことを言うな」

とどなり、ハッチをロックした。見えなくなったジェフに、ブッチはなおも言葉を吐いた。

「二度と出てくるな！」

タイが立ち上がってきてブッチの厚い胸を突きとばした。ブッチは右手で銃に摑《つか》まりながら、左の短いジャブをタイの顎に放った。タイはのけぞって、尻もちをついた。

「ＯＫ、試射《テスト・ア・ガンズ》！」

ジェイムズの声が響いた。前方銃座についたブライアンが、ガンガンガンと耳を聾《ろう》するばかりの音をたてて短く連射した。赤毛のアイリッシュ、ハリーが上部の二連装機銃を撃った。ブッチが右機銃を撃ち、長い薬莢を機内にばら撒いた。左射手のタイが撃った。タイはブローニング機銃より、ブラウニングの詩集が似合うおとなしい青年で経理士だったが、戦闘では驚くほどの沈着さで戦った。下部銃座が火を吐き、ターレット側面の開口部から薬莢を吐き出した。タッタタッタタッと風に吹きとばされた銃声が聞こえた。

その時、機の下でパッと黒煙が弾け、機体が突き上げられた。ドイツの対空砲火の火蓋が切られたのだ。

「始まったぞ」

副操縦士のサムが言い終らないうちに、次々と高射砲弾が炸裂《さくれつ》し、硝煙《しようえん》が空を醜く汚していった。下腹を蹴り上げられるような衝撃で、機体は激しく揺さぶられた。

「あと五分で爆撃地区に入る」

ブライアンが爆撃手席に座り、爆弾倉のドアを開けた。揺れる照準器に顔を伏せた。機は間断なく揺れ、撥《は》ね上がっていた。

「トゥームストーン行き駅馬車だぁ」

通信士のラルフが頓狂《とんきよう》な声をあげた。ラルフは十九歳、元工員で大の西部劇ファンだ。

「俺はリンゴー・キッドだ。さぁかかって来い。アパッチめ」

反《そ》っ歯《ぱ》のジョン・ウェインが叫んだとたん、至近距離で砲弾が裂けた。大槌《おおづち》が打ち下ろされたような音と衝撃と共に、弾片がとび込んできた。ラルフは思わず首を竦《すく》めた。目の前のクルーシートの背に、ギザギザの赤い大きな鉄片が突き刺さって燻《くすぶ》っていた。

「爆撃手、目標はまだかっ」

サムが苛立った。ブライアンは揺れる照準器を両手で捕まえるようにして覗《のぞ》きこんだまま、応じなかった。ジェイムズが言った。

「自動操縦《オート・パイロット》に切り替える。爆撃手、任すぞ」

「九時の方向に敵機！」

ジェフが叫んだ。引きつけて撃て、とジェイムズが言ううちにジェフは撃ちはじめた。ラルフが、ブライアンに代わって前部銃座にとびこんだ。ブッチのスペリー照準器のなかに、メッサーシュミットの編隊がとび込んで来た。ブッチは歯を食いしばって撃ちまくった。

「六時に敵機！」

「十二時に敵五機！」

「くそっ」

「やった！　火を噴いたぞ」

怒号、喚声、咆哮《ほうこう》、砲声、爆音、閃光《せんこう》、黒煙……ジーン・ハーローは阿鼻叫喚《あびきょうかん》の狂躁《きょうそう》に叩き込まれた。コンバット・ボックスは迎撃の敵戦闘機の群れに囲まれ、掻《か》き回され、崩された。

「フォア・エイスズが狙《ねら》われてるぞ」

長っ鼻のFw190Dの編隊が一番機の正面から次々と襲いかかり、二〇ミリ・カノン砲を乱射していた。空中接触も辞さない体当たり攻撃で、先頭機から落としていく戦法だ。

数条の曳光弾《えいこうだん》の束が一番機に集中した。四枚のエースのカードを描いた機首が吹っ飛んだ。息を呑《の》んで見るうちに、一番機はなおも水平を保ちながら下降して行った。B17の並外れた操縦安定性でしばらくは飛行するが、寄ってたかって止《とど》めを刺され墜落するだろう。

「さよなら、フォア・エイスズ」

サムがつぶやいた。

二番機のカラミティ・ジェーンが、代わって指揮をとると告げてきた。ノーズ・アートのカラミティは、テンガロンハットを背に垂らして黒髪にバラを挿《さ》し、腕を上げて乳房を誇示していた。

「三時、敵機。ちくしょう！　ロケット弾だ！」

赤毛のハリーが叫んだ。僚機が真っ二つになった。フォッケウルフが空対空ロケット弾を撃っていた。ハリーが興奮のあまり涙を流して撃ちまくっていた。

火を噴いたFWが突っ込んで来て、衝突寸前の空中で大音響と共に四散した。機体が大きく煽《あお》られた。

左翼すれすれに敵機が腹を見せて駈《か》け上がっていった。その時、機に被弾の衝撃があった。ジェフが絶叫した。

「わーっ、やられたぁ」

「ジェフ！　どうしたっ。どこを撃たれたっ」

数秒の間があってジェフの声がした。

「見えない。何も見えない」

目を走らせて機体の被害を捜していたサムが、罵声《ばせい》をあげた。

「くそっ。左翼からオイルが噴き出ている」

「燃料移せ」

サムはすでに席を立って後へ走っていた。

「手が見える……ハハッ、撃たれてない」

上《うわ》ずったジェフの声が割り込んだ。

「わかった。オイルだ。オイルで風防が真っ黒なんだ……ターレットが動かない。銃座のどこか、やられてる……出してくれぇ」

「タイ。ジェフを出してやれ」

タイは散乱する薬莢に足を滑らせながら下部銃座に走り、ハッチを開けてやろうとした。ハッチの把手《とって》は動かなかった。タイは白い顔を紅く染めて力をこめた。

「だめだ。開かない！」

銃座のロック機構か懸架《けんか》装置が壊れているようだ。何やってるんだ、出してくれ、ここじゃあやられるだけだ……ジェフが叫んでいた。

サムが顔を汗で光らせて席に戻り、燃料は移した、しばらくもつと言った。焦《あせ》りをあらわにしてブライアンをせっついた。

「爆撃手、まだか。もうこの辺りだぞ」

ナッシュが辛抱《しんぼう》たまらず、投下しよう、お荷物を投げ落としてしまおう、帰れなくなるぞと強請《せが》んだ。ブライアンは顔を上げずに応《こた》えた。

「俺は、配達ばかりやっていた。品物を客に届けるのが仕事だった。相手が探せないといって、商品を放り出してくるわけには……」

言葉が途切れた。ブライアンが顔を上げた。まるで信じられないものを見たような表情をし、すぐまた照準器にとびついた。

「あれだ！　見つけたぞ」

スイッチに手を伸ばした。ノルデン爆撃照準器はジャイロと自動操縦装置を連動させた、無類の正確さを誇るアメリカの秘密兵器だ。

「投下！」

ジーン・ハーローが腹に抱いていた二・二トンの爆弾が次々と落ちていった。遥《はる》か三千メートルの地上にポッポッポッポッと花が一直線に咲き、軍需工場が吹きとばされていくのが見えた。

「全弾命中」

ブライアンが顔を上げ、わっと歓声が沸《わ》いた。

後部では、タイがモンキーレンチでハッチを叩き続けていた。あの傍若無人《ぼうじゃくぶじん》の猛々《たけだけ》しさで突っ張ってきたジェフが、盲目《ブラインド》になった密室で恐怖に逆上して悲鳴を上げているのだ。

カラミティの機長、テキサス男のゲイリーが全機に告げた。

「帰るぞ。諸君、よくやった。われわれは〝立派な仕事《プロパー・ジョブ》〟をした。旋回して高度を上げよ」

気がつけば、敵機が消えていた。ブッチが銃座を離れて、よろけながらタイのところに来た。どいてみろと言い、大きな体を下部銃座に被《かぶ》せてハッチに手をかけた。上下にちょっと揺すってみて、徐々に力を加えていった。把手が一センチほど動いた。人の腕なら捻《ね》じ切ったと思える怪力だったが、それまでだった。ハッチはやはり開かなかった。

ジーン・ハーローは優雅なほどのフォームで巨体を傾けて半旋回し、高度を上げていった。対空砲火の有効射程を早くも超えた。ジェイムズが、泣く子を宥めるように言った。

「ジェフ、よく聞け。落ちつくんだ。これから基地に帰る。着陸したら銃座の方のドアから出られる。心配することは何もないぞ」

ボール・ターレットは、通常機内のハッチから出入りするが、二連装機銃の反対側の球面に、ドアになった部分があるのだ。人ひとりがようやく出入りできるフラップがあって、蝶番《ちょうつがい》のついた下部を軸にパカッと開けられる。片手を地面につき、片手をドアの枠にかけ、体を曲げて足先から乗り込むことができた。

「そうだ、そうだった。そうすればいいんだ。わかったかジェフ。しばらくの我慢だ」

タイがハッチのわずかな穴に口をつけて言った。ジェフが静かになった。安堵《あんど》と、任務を果たして帰るのだという皆の喜びが、一気に走って機内を満たした。

3

「美しい眺《なが》めだ」

「いつ見ても、いい風景です」

ジェイムズとサムが、晴れやかな顔を見合せた。眼下にイングランドの風土が広がっていた。森を越え、丘を越えると基地だ。

「着陸用意」

サムが着陸用ギア・リトラクトのスイッチを下ろした。だが作動を示す表示灯は点《つ》かなかった。サムはあわててスイッチを上げ下げした。インジケータに反応はなく、赤い豆ランプは灯《とも》らなかった。サムが叫んだ。

「車輪が出ない！」

瞬時に緊張が全員を強張らせた。

事情を察したジェフが、昼寝から覚めた乳児のように、声を限りに助けを懇願した。

「電気ケーブル故障」

「手動ハンドル不能」

「三分で基地」

と、切迫した声が相次いでとび込んできた。管制塔に状況を報告した。その間も着陸に伴うルーティンのチェックが非情に進行していた。

管制塔が胴体着陸を指示してきた。妥当な指示だ。司令室はジェイムズの腕を信頼していた。だが胴体着陸に成功したとしても、下部銃座はその瞬間に押し潰《つぶ》されるのだ。司令室は、もちろんそれを承知だ。一人を犠牲にしても、九人の命を救うべきなのだ。射手がすでに死んでいてくれる方が、どれほど気が楽かと思っているはずだった。

「こちら管制塔。ジーン・ハーロー、旋回して待機せよ」

「全機が着陸した上で誘導する」

ジェフは声も嗄《か》れて、泣きながら哀願していた。タイはハッチに被さって、しっかりしろ、大丈夫だ、見殺しにはしないぞとジェフを励まし続けていたが、声に力がなかった。下士官たちは、何とかしろ、手段はないのかと互いに喚《わめ》き合い、右往左往するだけだった。

ブライアンがジェイムズの腕を掴んだ。

「機長、奴《やつ》を助けてやって下さい。頼みます」

だがどんな方法で助けろというのか。ジェイムズはキッと前方を睨《にら》んだまま、一文字に唇《くちびる》を引き締めていた。ブッチがタイを押しのけてハッチに顔を寄せた。

「ジェフ。死ぬな。俺が殺すまでは生きてろ」

ブッチがロザリオをハッチの穴に垂らした。

「俺のお守りをやる。三十戦二十九勝の俺の運をやる」

「こちら管制塔。ジーン・ハーロー、燃料を捨てよ。着陸体制に入れ」

ジェイムズは命令を無視して、サムに言った。

「燃料残量は？　航続可能距離は？」

「二百五十、いや二百二十キロ」

ナッシュが即座に答えた。

「管制塔だ。万全の態勢を整えた。ジーン・ハーロー、着陸せよ」

「よし。上昇するぞ。フラップ！」

誰もが驚き、色めきたった。

「進路、南南東、高度二千」

ジェイムズは断固とした声で指示を下した。クルーは、戸惑いながらもてきぱきと反応していた。サムが身を乗りだして訊《たず》ねた。

「どうするつもりです？」

「ジェフに貸した二十ドルを思い出した。払わせてやる」

ジーン・ハーローは管制塔を掠《かす》めて基地を飛び越え、高度を上げていった。ジェイムズが何をやろうとするのか誰にも解らなかったが、皆の表情に希望の豆ランプが灯った。

「機長、目標地は？　どこへ向かうのですか」

「ニューベリー。バークシャーだ」

二トン余の荷物を落として身軽になった機体は、追い風に乗って二十分ほどでバークシャー州に入るはずだった。ジェイムズが言った。

「チェルトナムの丘を過ぎたら高度を下げる。川か森に機銃を捨てろ。銃弾もだ。重い物を捨てて、出来るだけ軽くなるのだ」


リチャードは、晩《おそ》い昼食の独りぼっちのテーブルからつと顔を上げて、耳を澄ませた。ぴょこんと立ち上がって、台所をとび出した。ポーチから空を仰いだ。十月も終りの高い青空は、縁《ふち》を金色に輝かせた雲を浮かべているだけだった。爆音は錯覚だったのかと思った時、雲の間からそれは突然現れた。

B17爆撃機が、見る間に大きくなって近づいてきた。

「父さんだ！」

リチャードはポーチから猫《ねこ》のようにとび下りて、納屋へ走った。

「母さん。父さんが帰ってきた！」

リチャードの直感は、尾翼に大きく書かれたシリアルナンバーの124460を確認するまでもなく、それが父の爆撃機であることを信じて疑わなかった。

轟々《ごうごう》たる爆音と共に、B17は巨大な腹を見せてマーシュの邸を飛び越え、農場の上を大きく旋回した。

「すっごい！　なんとでかいんだ」

リチャードは瞬《まばた》きもせず、空を飛ぶ巨体を見つめた。納屋からとび出てきた人達が、固唾《かたず》をのんで見上げていた。シェリーが息子に寄りそって、その肩を抱いた。

「母さん。父さんはジーン・ハーローを見せに来たんだよ」

機首銃座に人の顔が見えたと思った時、風防ガラスが昼下がりの陽光を弾《はじ》いてギラリと光った。小作《テナント》のヨークが機を見送りながらつぶやいた。

「おかしい……低過ぎる」

六十に近いヨークは頑健な体の根っからの農夫だが、第一次大戦では複葉の戦闘機に搭乗《とうじょう》して天翔《あまがけ》た古兵《ふるつわもの》だ。ドイツのフォッカー三葉戦闘機との空中戦で被弾し、今も片足をひきずって歩く。

「いかん！　あれは、不時着しようとしとる」

ヨークが声をあげた。

「脚が出とらん……何てこった！　車輪が出んのじゃ！」

シェリーは思わず口をふさいだその手で、胸に十字を切った。女達が悲鳴をあげた。

「わかった！　水路に下りるんだ」

リチャードが母をふり仰いで言った。

「父さんは、マーシュのリボンに不時着するつもりなんだ」

「こいつは事だ。いくら若旦那《だんな》が……」

ヨークが絶句した。

「あっ」

突然、リチャードが叫んだ。

「おお、橋じゃ。坊ちゃん、あの古い橋じゃな」

シェリーのふくよかな体に電流が駈け抜けた。

「リチャード、ロープの束を。ヨークさん、トラクター出して！」

温雅な表情は消え、シェリーは大農場の女主人の声になっていた。


ジェイムズは麦畑の上を低く二度飛んだ。水路は、そこにそれがあると知っている者ですら見つけられないほど細く、リボンというより紐《ひも》のようにしか見えなかった。機を水路の上にぴたりと載せて、下部銃座を潰さずに着陸するという妙案が、成功の可能性のないただの思いつきに思えた。

ジェフはせめてもの気休めにベルトを締めて胎児のように丸くなり、機内の者は席や床に体を押しこめて不時着の衝撃に身構えていた。ジェイムズは十人の命運と共に操《そう》縦桿《じゅうかん》を握りしめていた。

立ちはだかる死と直面して、命を賭けて駈け抜けようとする時、人は過ぎ越し方の光景を束《つか》の間《ま》に見るという。ジェイムズの脳裏に、いつかのキツネの姿がよぎった。イリノイのロックフォードの森の中で、罠《わな》にかかった雄のキツネに出くわした事があった。十年も前の事だ。

罠のキツネはすでに死を覚悟していたが、また有りったけの意志と知恵を働かせて、あくまで助かろうと戦っていた。死ぬことを怖れるよりも、存分に戦えない自分の今の無惨な姿を恥じているように見えた。

死を怖れ、怯《おび》えてただとり乱すことと、死ぬ覚悟を決めた上で息の根のある限り生きようと足掻《あが》くこととは別だ。

ジェイムズは、出しぬけに橋のことを思い出した。マック爺《じい》さんが架けた橋を思い出した。水路の真上に降りたとしても、翼で溝を跨いで滑走するのに、朽ちてはいても橋は危険な障害となる。

すぐ燃料が切れる、とサムが告げた。

「機長、思いのままやって下さい。この作戦行動《ミッション》は、貴方《あなた》のものです」

高度を下げて、もう一度水路の上を飛んだ時、ジェイムズは橋の所に数人の人影とトラクターが見えたと思った。見直す間もなく機は橋を越え、最後の旋回に移っていた。誰かが橋を取り除こうとしてくれているのだろうかという思いが掠《かす》めたが、すぐ忘れた。

「燃料ゼロ」

切迫した声を耳にしながら、ジェイムズは肚《はら》を据《す》えた。一《いち》か八《ばち》か、やってみなければわからない。やってみるほか活路はない。橋でも柵《さく》でもぶち当って砕いてやる。ジェイムズは水路を睨んで高度を下げていった。

着陸に全神経を集中させるジェイムズの思惟《しい》の外を、齣《こま》落としの映像が高速で飛んで行った。願望が見させた幻影か、白日の現実の出来事か考える暇《いとま》もなかった。

……ロープで橋を引きずってトラクターがふっとんで行く。ハンドルを摑んでトラクターを操る妻の熱いやわらかな体が弾《はず》む。水路を後に、麦畑の中を懸命に逃げる人たちの中に、頬を火照《ほて》らせ額のうぶ毛を靡《なび》かせて走る息子がいる……。

「リチャード、しっかり見てろよ。サンタクロースが、一箇月早いプレゼントをするぞ」

ジーン・ハーローは舞い下りた。豊満な体を麦畑に委《ゆだ》ねるように投げだした。最初の衝撃を、肥沃《ひよく》な土壌《どじょう》が受けとめて吸収した。下部球型銃座はその底で一瞬水面を擦り、すぐ跳ね上がった。全長三一・六メートル、面積一三二平方メートルの翼の大鎌《おおがま》が、柔らかな土と刈られないままの麦を薙《な》ぎ払って行った。

ジーン・ハーローはヨークシャーの豊穣《ほうじょう》の海の黄金色の波を蹴立《けた》てて滑り、二千メートル走って停《と》まった。機体後部がゆっくりと下がり、ルリボシヤンマが尖《とが》った尻《しり》を水面に漬《つ》けるように、二連装機銃を突き出した後部銃座を流れに浸《ひた》した。

終着駅

1

重い革のトランクを二箇、振り分けにして肩に担《かつ》ぎ、さらに鞄《かばん》を一つ手に提げてプラットホームを降りた。五十キロはあるだろう。妙なもので制服だと力が出る。

外国人の老夫婦がついてくるのを確かめながら階段を下り、荷物を八重洲《やえす》口のタクシーに載せてやった。一箇《こ》運んで四百円、だから千二百円のところを、外国人は三千円くれて笑顔で礼を言ってくれた。

今の新幹線から降りた客の荷物をもう一回運べるかもしれないと思いながら、急いでホームへ戻った。

「雷三さん」

と名を呼ばれたような気がした。ふり向いてみると、四十歳くらいの和服の婦人が笑顔でわたしを見つめていた。

「杉田さんでしょう」

ふくよかな上品な顔だちの、満面に笑みを浮かべたその人が誰なのか、わたしにはわからなかった。

「忘れちゃったの?」

と言った人に、おかっぱ頭の少女の顔が重なった。

「お、お嬢ちゃん!」

「そう、七穂よ」

わたしは絶句した。高名な茶道の宗家の令嬢である。

「あの可愛いお嬢ちゃんが!」

「もうお嬢ちゃんもないでしょうけど……貴方《あなた》に荷物をお願いしたくて、探してたの」

「いやぁ、驚いた……あの頃、お嬢ちゃんは小学生だった」

「三十年経《た》ったわ」

足もとに五、六箇の鞄があった。おつきの人らしい娘さんが、にこやかな笑顔で控えていた。ちょうど階段を上ってきた甥《おい》にわたしは声をかけた。

「治三郎、手伝え」

お嬢さんは、丸の内の南口に迎えの車が待っているはずだと言った。

わたしは荷物を運びながら、お嬢さんに言った。

「それにしても随分月日が経ちましたが、どうなさっておられたのですか」

「アメリカに十年ほどいたの。兄が亡《な》くなったので家元を継ぐことになって、先月帰ってきたのよ」

「そうでしたか……先代には、いろいろ良くしていただいて」

「雷三さんは、あの頃のままよ」

「まさか……爺《じじ》いになりました」

「まだ二十歳《はたち》代だったわね」

「はい。二十五、六でした」

別荘の花見の会に、仲間と共に招かれて御馳走《ごちそう》になり、お土産までいただいた日のことが、昨日のように思い出された。

「赤帽さんも、すっかり少なくなったようね」

「はい。今はわたしをふくめて六人だけになりました」

「じゃあ、雷三さんは最古参でしょう」

「そうなってしまいました」

運転手も手伝って、迎えの車に荷物を積んだ。

「じゃあ、お忙しくてたいへんですね」

「この年で、家元のことを一生懸命勉強しながら、なんとかやってるわ」

わたしは、しみじみとお嬢さんを見た。赤い制帽をとって頭を下げた。

「よく覚えていて下さいました」

「また遊びに来てほしいわ」

おつきの娘さんが、チップの祝儀袋《ポチ》を渡してくれた。

わたしは、見えなくなるまで車を見送った。

「三十年か……」

つぶやいてふり返れば、そこは赤レンガの東京駅である。

赤帽、昔は手廻品《てまわりひん》運搬人といったポーターをやって三十七年になる。様々な日々があり、様々な人に会った。高貴な人、大政治家、映画や演劇のスーパースター、音楽家、スポーツ選手……様々な人の荷物を運んだ。

ほんのひと言の中に人柄《ひとがら》の優しさや温かさを感じさせる人、思わぬ嫌《いや》な素顔を見せてしまう人……数えられないほど多くの人と出会った。だが。ほとんどは一期一会《いちごいちえ》の出会いだった。今日のような嬉《うれ》しいことはめったにない。

2

発車までに二時間もある列車の名を告げて、

「これ運んでんか」

と三、四人の若者が、それぞれスキー板や大きなバッグを預けた。リュックを三つ、紐《ひも》で一まとめにして、

「これで一箇に数えてや」

と言った。

「そういうわけにはいきません」

俺はこたえた。

「なんでや。大きいのも小さいのも同じ値段か」

「一箇は一箇です」

「ふん。堅いこと言いよる」

捨てぜりふを残して若者たちは去った。

俺は手荷物預りの木の棚《たな》に荷物を積み、改めて所定のロープで一まとめにした。針金のついた小さな荷札に列車の名を書いてロープに結んだ。昔はこの紙札をエフといった

と叔父から教わったことがある。

俺はこの仕事の全《すべ》てを雷三叔父から教わった。叔父を頼って上京して、ほぼ二十年になる。故郷の石見《いわみ》浜田では喧嘩《けんか》ばかりして職をなくし、食い詰めた。すぐかっとなる性格を、客を相手の赤帽の仕事で修業して改めたい、というような殊勝な考えがあったわけではない。狭い土地柄《とちがら》で評判を悪くして、仕事につけなくなって、仕方なく叔父を頼ったのだった。

だが、叔父の尻《しり》にくっつくようにして見習ううちに、俺は俺なりにいろんなことを教わった。男は我慢するものだとまず知った。

叔父と日々接するうちに気づいたことがある。雷三叔父は芯《しん》の強さとともに、俺なんか及びもつかない烈《はげ》しい気性の人だということだ。闘志というか、怒りのようなものを肚《はら》の底に漲《みなぎ》らせた男だと俺は思う。思慮分別のある落着いた言動がそれを隠しているが、よく見れば、その吊《つ》り上がった眦《まなじり》の辺りに本来の気性が現れていると俺は思う。

今日の午後は、俺は手荷物一時預り所の当番だった。赤帽の本来の仕事は激減した。いつしかこうやって預り所の方もやるようになった。たった六人しかいない仲間が交替でこちらもやり、また交替で休みの日をとるのだ。だから実際は、常時五人でやっている現状である。

俺はこれでも最年少で、あとの五人は皆五十代だ。昔はチップで実入りの多い仕事だったそうだ。並みのサラリーマンよりも、はるかに良い収入だったという。

俺なんか名前も知らない何とかいう関取は、独りでゴルフに行くのに、切符も買わずに列車に乗ったそうだ。付人が切符を持ってると言って、大手を振って改札を通ったという。よく知られた顔の力士だし、駅員も気を呑《の》まれて何も言えなかったと叔父は笑って話した。

肥満した動きの鈍そうな巨体なのに、思わぬ軽快さで歩き、早口でよく喋《しやべ》ったという。そしてゴルフバッグを運んだ叔父に、当時の料金の百倍にも当たるチップをくれたという話だった。

だが今はチップをはずむ人もなくなった。そもそもチップという慣習を、知らない人が多い。

こんな食うのがやっとの日陰の仕事をやろうと思う者はいない。御多分に洩《も》れず後継者はなく、俺たちで赤帽はなくなる。

その後はどうするのか。雷三叔父と俺は、よくそんな話をしてきた。

「わたしはもう、何もしないさ」

叔父はそう言う。

「いずれにしても六十か、それに近い齢《とし》になってるだろう。だけどお前は若い。何か考えておけ。今からでも手に職をつけろ」

そんなわけで、俺は六日に一度の休みの日を、とんかつ屋で働いている。そこも叔父の紹介だが、新橋にある大きな店で働きながら調理士の資格を取ろうとしているのだ。

叔父はそれでも、時には夢のような話をすることもある。

叔父のすぐ上の兄、竜二《りゅうじ》は入り婿《むこ》して出雲《いずも》市に住んでおり、観光客相手の土産物屋をやっている。長兄の光一は故郷の大田に住み、祖父伝来の山林と、寝たきりの両親をかかえて細々と百姓をやっている。相続税や固定資産税に追われる山林はいっそ売ってしまいたいのだが、二束三文の評価で思うほどの金にはならないのだ。

雷三叔父が茶飲み話でする夢は、この山林にペンションと老人用ハウスを建てたいということだった。広い山林の中を流れる水のきれいな小川で、セリやクレソンを育てる。自分で耕して薯《いも》や葱《ねぎ》やトマトを作る。すぐ目の前の海の魚は、この上なく新鮮だ。山羊《やぎ》の乳をしぼって手製のチーズを作る。そしてこれらをふんだんに使った手料理で、ペンションの客をもてなしたい。

兄弟で働くのだ。治三郎、お前がコックをやれ。何の感動もない土産物屋なんかたたんで、やる気があるなら竜二夫婦も一緒に働けばいい。兄弟や従弟《いとこ》が集って、一つの場所で同じ仕事をするのだ……そう話す叔父のまなざしは、遠くはるかなものを見ているように和《なご》むのだった。

一方老人ホームでは、両親をはじめ、一生働きづめに働いて倒れた老人たちを看護して、人生の最後の日々を心穏かに過ごさせてやりたいとも言った。それが叔父の夢想だった。

もちろん所詮《しょせん》かなわぬ夢物語である。実現させるには億という金が要るだろう。

「億か……」

先ほど叔父からもらった軽い封筒のことを思い、俺は独り苦笑いした。昨日の稼《かせ》ぎが入ったものだ。

赤帽は昔から国鉄やＪＲに属さない。職員ではないのだ。独自の組合を作って、わずかにせよ鉄道に金を払って、場所を借りて働いている。休めば収入はない。その日稼いだ金を一括して、頭割りにして翌日分配する。今はその世話人を雷三叔父がやっているのだ。

みな叔父を信頼していた。いろんな相談事を持ち込んだ。叔父は独特の洞察《どうさつ》や考えで、人の迷いや悩みに一つ一つ明快にこたえてやっていた。時には思いもつかない視点でものを見て、びっくりするようなことを言ったりするが、結局はそれが正答だったと知ることになるのである。こういう一種の見識を持った人が、何故《なぜ》こんな仕事に甘んじているのか、考えれば不思議だった。

赤帽の勤務時間は、午前七時から午後十時までである。手荷物預り所も閉める。今夜は叔父につきあって、丸の内のビルのレストランでビールでも飲もう。

叔父は丸の内側の赤レンガの東京駅が大好きなのだ。惚《ほ》れこんでいるといってもいい。十八歳で上京してきた日、ふとこの駅を見て、その壮麗な姿に感動したそうだ。列車が好きだったことと重なり、ここで働きたいと念願したのだという。その話を、もう何十回聞いてきたことだろう。

3

わたしにとって東京駅は、丸の内側のこの赤レンガ駅舎である。八重洲口の方は単なるコンクリートの塊だ。ふくれ上がった輸送の、巨大な容器《うつわ》でしかない。

丸の内側の東京駅は、世界に誇る建築物だ。もともと皇居つまり江戸城に正対して作られたものだから、明治の日本人の思想がバックボーンを貫いている。日本国有鉄道、いや大日本帝国の誇りがある。

南北に三百メートルを越す横に長い構造は、皇居を威圧することのないよう配慮された設計だという。この横に長い構造と赤レンガが美しさを決定づけている。

そして左右対称の位置に築いた八角形のドームでもって、建物は古典的な典雅豪壮な姿となった。また青いスレート葺《ぶ》きの屋根や、白い花崗《みかげ》石《いし》や漆喰《しっくい》の窓枠《まどわく》が、赤レンガと絶妙のコントラストとなっている。

大正時代の関東大震災、そして第二次大戦の戦災にもびくともしなかった赤レンガは、東京は足立区の土を使った国産である。その赤レンガ九百万個を一つ一つ入念に積上げた明治、大正の職人たち……。東京駅はまさに手仕事の一大作品であり、当時の日本の職人の心意気の結晶である。

この無類の堅固さとともに、悠然《ゆうぜん》たる鷹揚《おうよう》さや品格を持った建物を作り上げた日本人の仕事を、二度と望むことは出来ないだろう。

東京駅だけが日本の中央駅だとわたしは思う。だが大正三年、一九一四年に開業して、すでに八十年近く経った。レンガ建築の耐久年数は半世紀とされている。東京駅も齢をとった。とり壊して再開発するという話もあるようだ。外形だけ残して補修するより、ぶっ壊して新しいものを作る方が効率がいいのだとも聞いた。だがそんな愚かなことをしでかすようでは、日本も終《しま》いだと思う。

わたしは、何十回いや何百回この建物を眺めただろう。駅の中央から皇居外苑《がいえん》に向かって、一直線に延びる道路から眺めるのがいい。また雨上がりの姿は最高だ。雨に洗われて、赤レンガの色がひときわ鮮やかになる。駅前の水溜《みずた》まりに、その姿が逆さに映っている。灯《ひ》ともし頃も美しい。見ていると、ここで働いていることが、しみじみと幸せに思えるのだ。

だがわたしの思いに反して、いずれはなくなるものだろう。なくなる建物と、わたしの代でなくなる赤帽という職業……亡《ほろ》びゆくもの同士の共感がわたしにはある。

東京駅は終着駅であると同時に、全国への始発駅であることは言うまでもない。だがわたしにとって東京駅は、わたしの人生の終着駅である。

「気をつけてよ、高価な物ばかりだから」

前を行く女が、ふり向いて言った。寄り添って歩いている、女よりはるかに若い男が女の尻に腰をすりつけ、女の首筋に口をつけた。女はのけぞって呻《うめ》いた。白昼の駅の中でである。

女の顔に覚えがあった。確か元は歌手かなんかだった。タイツ姿や裸の写真集を出したこともあったように思う。盛りを過ぎた裸身を、人前によくさらしていた。年下のいかにも軽薄なバカ面《づら》の男をくわえこんできて一緒になり、芸能レポーターの前で嬉《うれ》し泣きに泣いた……その女だ。

八重洲口のタクシーに四箇の重い荷物を押し込んで、千六百円ですとわたしは言った。男がズボンのポケットから千円札を二枚引きずり出した。

「今、釣《つ》り銭《せん》がありませんので、細かいのでお願いします」

とわたしは言った。

「何時《いつ》もその手を使ってるのか」

と男がわたしを見下ろして言った。わたしは黙って金を男の手に戻し、後を向いて立ち去った。

こんな嫌《いや》な思いをすることもある。しこりが一日中残ったりする。千六百円は自分の金を出して、売上げに加えておこう。

プロ野球の選手の一団が、どっとホームに降り立った。若い大きな男たちは、精気を発散させていた。どの顔もテレビで馴染みのスター選手ばかりだ。わたしは仲間三人と荷物を運んだ。

あと一勝すれば日本シリーズに優勝することになるチームが、敵地に乗り込んできたのだ。優勝を目前にした気負いが若者たちを包んでいる。

「こっちは雨が降ったんですか」

監督が気さくに声をかけてきた。

「はい。おしめり程度ですが」

待機していたマイクロバスに荷物を積んだ。たちまちファンが群らがった。

「いつもお世話になります」

と監督は言った。マネージャーは別の車で先に行ったので……とつぶやきながら三万円を握らせてくれた。

「優勝、祈ってます」

わたしは心からそう言った。

おふくろが危篤《きとく》だと、今朝故郷の長兄が知らせてきた。

すぐにも行ってやりたかった。一目会っておきたかった。何もしてやれなかったという思いで切なかった。

わたしは18時28分のひかり86号を待っていた。京都宝ケ池での国際的な学会が終わって、東京見物にやってくる外国人たちの荷物を運んで、チップを稼ごうとしていたのだ。

だが外国の学者たちより一足早くわたしの前に降り立ったのは、二人の日本人の男だった。ダークスーツに白のネクタイ、黒革のコート、いずれも屈強そうな体格、兇暴《きょうぼう》な目つきで、一目で商売が知れた。

トランクを二箇、大きな黒いズックのボストンバッグ、それにやや小ぶりな革鞄を積上げた。丸の内の南口で待っている白いリンカーン・コンチネンタルまで運んでくれと言われた。気は進まなかったが、断るわけにはいかなかった。

トランクを振り分けにして肩に担ぎ、革の鞄を小脇《こわき》にかかえ、ボストンバッグを下げて歩きだした。ボストンバッグが重かった。男たちは声高に喋りながら、少し離れてついてきていた。階段を二、三段下りた所で、何か異変の気配のようなものを感じてわたしはふり返った。荷物の主たちが数人の男に取り囲まれていた。その男たちが刑事だというのも一目で見抜けた。

わたしは騒ぎに構わず階段を下りた。下りた所でボストンバッグを下ろした。あまりにも重くて、持つ手を替えようとしたのだ。その時、バッグのファスナーが少し開いているのに気づいた。閉めてやろうとした。中味が見えた。使い古しの一万円紙幣の束が、ぎっしりと詰まっていた。

わたしは驚いた。億という金を見たことはないが、瞬間的に三億という数字が頭に閃《ひら》めいた。

その時、交替しようとしてやって来た甥に会った。とっさにわたしは決心した。階段の方に体を向けたまま甥に言った。

「このボストンバッグを持って一緒に歩け」

バッグを持って並んで歩く甥に言った。

「いいか、治三郎、しっかり聞け。そのバッグを18時45分発の出雲の網棚《あみだな》に載せてしまえ」

驚いてわたしを見ている甥の視線を感じながら、うむを言わせずわたしは言った。

「荷札《エフ》に竜二兄貴の名を書いてバッグにつけろ。車椅子《くるまいす》用のレンガ道を使え。荷物を載せた車輛のナンバーを覚えておけ」

わたしは肩越しに後を見て連中が現れないのを確かめて、甥に言った。

「行け!」

4

俺は信じられなかった。何が何だかわからなかった。だが雷三叔父には従うだけだ。事情はわからなかったが、事は出来るだけ目立たずしかも素早くやるに如《し》くはない。俺は本能的にそう思った。チラと腕時計を見た。急ぐ必要がある。

俺は地下道の端の古いエレベーターに乗り込んだ。ポケットを探って、手荷物預り所の荷札を取り出した。ボールペンで田端竜二と書き、ボストンバッグの取っ手に結んだ。

田端は竜二さんの養子先の姓だ。

エレベーターを下りると、赤レンガの地下道だ。昔は郵便や小荷物運搬用として、一日九万個の荷物を運んだそうだ。今は車椅子を利用する人を運ぶ専用通路である。

水洩《みずも》れの滴《しずく》に濡《ぬ》れる壁のランプが、人の影を大きく映す。だが今は地下道を通る人影は全くなかった。

レンガの長手という側面の長い方ばかり積み上げた層に、今度は小口という一番短い面ばかり積み重ねてある。なだらかな丸味を持ったアーチ状の壁面は〝五分《ごぶ》の跳ね出し積み〟という珍しい手法がとられているという。五分つまり約十五ミリずつずらしながら積み上げてあるのだ。そのために壁はすこしずつせり出しながらアーチをなし、独特の雰囲気《ふんいき》を作っている。手間隙《ひま》かけた明治のレンガ職人の名人芸である。

古いヨーロッパ映画に出てきそうな、時代を封じこんだ風情《ふぜい》のレンガ道を俺は急いだ。走りだしたいのを我慢しながら、10番のホームに上がった。

出雲が待っていた。寝台車である。俺は乗客の多い車輛を選んで乗り込み、他人の荷物にまぎらせて重いボストンバッグを棚に載せた。車輛番号とバッグの位置を、頭に刻みこんで降りた。

5

わたしは、リンカーン・コンチネンタルの二人の男に荷物を渡した。男のひとりがわたしの背後を鋭い目で探しながら言った。

「これを預けた二人はどうした?」

わたしはふり返って、ついてくる人がないのに初めて気づいたふりをした。

「さあ、存知ませんが……さっきまでは御一緒でした」

二人はさっと表情をこわばらせて顔を見合わせた。

「荷物はこれだけか」

「御覧のように、それだけです」

荷物を車のトランクに入れた男に、もうひとりの方が言った。

「行ってみろ」

男は走って行った。

わたしは気力をふるって言った。

「千二百円、いただきます」

男は無造作にポケットから引き抜いた五千円札をわたしに渡した。

「御苦労」

と言い、もう眼中にわたしはないようだった。いらいらした表情で車に乗りこんだ。

わたしは遠回りして10番のホームに向かった。階段を下りてきた甥をつかまえた。治三郎が言った。

「出雲は出ました」

「よし」

わたしはバッグを載せた車輛番号を聞いて、公衆電話のボックスに入った。出雲市に住む兄竜二を呼び出した。

「雷三だ。兄貴、気を入れてしっかり聞いてくれ」

一言一言、言い聞かせるように、強い口調でわたしは言った。

「明朝8時10分着の出雲の網棚の、黒い大きなボストンバッグを引き取ってくれ。兄貴の名の紙の荷札がつけてある。絶対に遅れることのないよう早目にホームに行って待つんだ。わたしを信じて、黙ってやってくれ。わたしたちの将来がかかっている」

治三郎から聞いた車輛番号とバッグのある位置を教えて電話を切った。

「何があったんです？　俺たちは一体何をやったんですか」

治三郎が蒼《あお》ざめてわたしを見つめた。

「大金を強奪した」

わたしは言った。

「多分、やくざの金だ。麻薬の金か政治献金か知れん。数億ある」

治三郎がよろめいた。

「奴《やつ》らは警察には届けられないだろう。わたしを追及しても証拠はない。名誉毀損《きそん》で訴えると言ってやってもいい。治三郎、老人ハウスやペンションを実現させるんだ」

治三郎が浮かぬ顔で言った。

「やくざなら、叔父貴を殺《や》ろうとするかも知れませんよ」

わたしは言った。

「やってみるさ。むざむざとやられていない」

セント・メリーのリボン

第一章　初　猟

1

俺は湿った落ち葉を踏んで歩いた。朽《く》ちた葉のにおいが立ちこめて、十一月の朝の林の中は、清々《すがすが》しい冷気に満ちていた。風はなく、渓流《けいりゅう》の水の音のほかは何も聞こえず、何も動かなかった。

俺の前を、ジョーが何時《いつ》ものように、うなだれて歩いていた。銀灰色の粗《あら》い体毛が、木立ちの中では黒く見えた。この犬のことを、人はよく「狼みたい」と言うが、今は確かにそう見えた。

ジョーが歩いたばかりの所から、ふわっと舞い上がるものがあった。ヤマシギだ。銃を肩に当てて撃つのと、ヤマシギがゆらりと体を傾けるのが同時だった。逆光の鳥の姿が、木の蔭に入った。

俺は二発目を撃たなかった。ヤマシギを最初の一発で落とせなければ、その勝負は負けだ。落ち葉の精のようなヤマシギは、何時もこのように音もなく立ち、気まぐれにわずかに向きを変える。鷹揚《おうよう》にさえ見える飛び方で、速くもないのに、初矢《しょや》で仕止めるのは結構難しかった。

黒曜石《こくようせき》のような目を見張った大きな頭をすくめて、枯葉の中に座りこんだこの鳥は、周囲の色や影に溶けて同化してしまう。そこに鳥がいると気づく人はない。

気のない表情でヤマシギを見送ったジョーが、クフンと鼻を鳴らしてまた歩きだした。俺の失中を嗤《わら》ったようだ。だがヤマシギは、ジョーが歩いたすぐ側から飛んだのだ。この可愛げのない犬は鳥には無関心なのか、鳥猟犬としての能力は全くなさそうだ。

俺は銃の先台《さきだい》をポンプして空薬莢《からやつきょう》を弾《はじ》き出し、拾ってポケットに入れた。撃った痕《こん》跡《せき》を隠そうとしたわけではない。此処《ここ》は禁猟区ではないが、静閑な林に転がる薬莢は、ひどく禍々《まがまが》しく見えて、それを見た時、一瞬にせよ嫌《いや》な気分になるからだ。

その時、ジョーが低く一声啼《な》いた。「バウー」というような唸《うな》り声を、啼くといえるかどうか疑問だが……。

ジョーは木立ちの端に立って、谷川を見下ろしていた。何かを見つけたのだ。異変を知らせる時以外は、こいつは啼かない。

俺は歩いて行って、覗《のぞ》いて見た。二メートルほどの落差の下を流れる、早いが浅い水の中に犬が横たわっていた。

2

ブリタニー・スパニエルの若犬が、体の右側を水際《みずぎわ》の流れに漬《つ》けて死んでいた。俺はしゃがみこんで、犬の首輪をまさぐった。飼主が言った通り、鑑札の小さな金属板がしっかりと縫いつけられていて、ペンダントのようにぶら下がっていた。箱形の電波発信機がとりつけられてあった。ハンターは、この発信機《トレーナー》が発する断続音を頼りに犬を追うのだ。

俺は鑑札に刻印された登録番号と、手帳に控えた数字を照合した。ウ02977と確かめて、探していた犬であることを確認した。

俺は狩猟用のベストの背袋から、コンパクトカメラを出した。周囲の状況がわかる引いた位置から一枚、犬の全身のサイズに寄って一枚、岸側からフラッシュを使って撮った。更に流れに踏み込んで、川の方からも同じことを繰り返した。冷めたい山の水が、ナイフのように脛《すね》を切りつけ、登山靴の中に侵入した。

俺は犬を岸辺に引き上げた。生きていた時は、艶《つや》やかに輝いていたに違いない明るいオレンジ色と白の体毛が、水を吸って黒ずんでいた。

陽《ひ》の下で動いている時、獣も鳥も魚も、生きものはみな、あんなに美しいのに、命絶えた瞬間からどうしてこうも醜くなるのか。

俺は犬の首輪を外して、ポケットに納《しま》った。来た道を後戻りして、山道の脇《わき》に駐《と》めた車に戻った。自動車電話を使って、依頼主に電話した。

商店街の会長をしている七十五歳の主人が直《じ》かに電話に出た。

「竜門《りゅうもん》です。えー、猟犬の……」

「あぁ、解《わか》ってます。待ってましたんや」

関西弁の抑揚の、穏やかな声が返ってきた。

「ジョリーを見つけました」

「そ、それで？」

声に脅《おび》えがあった。

「残念ですが……」

束《つか》の間《ま》、空白が流れた。

「死んでましたか。やっぱり」

「谷川の水際で倒れていました。体の半分を水に漬けて……レシーバーの電波が、聞こえたり聞こえなくなったりしたのは、そのせいです」

「……」

「ジョリーは、内臓に障害があるということでしたね」

「あぁ、四階から落ちた時の……」

「山を走って脱水状態になったのでしょう。谷の冷めたい水を一気に呑《の》んで、心臓麻痺《まひ》を起こしたのだと思います」

受話器から、声にならない呻《うめ》きが聞こえた。

「だから……苦しまずにすんだはずです」

「そうなら、ええが」

「現場の写真を撮り、首輪は回収しました」

「そう……」

「遺体は引き取られますか？　持って帰りましょうか」

「いや、見るにしのびません。出来れば、山に埋めてやってほしいが」

「わかりました。そうします。首輪だけは郵送します。必要なら写真も送りますが、御覧になりたくないでしょう。こちらで保管しましょう」

「あぁ、そうして下さい……よく見つけてやってくれました。あぁ、それから料金の残りはすぐ送ります」

「ありがとうございます」

声が途切れ、またつぶやきが聞こえた。

「猟をさせずに、家で飼ってやればよかった。可哀想《かわいそう》な事をした」

「わたしは、そうは思いません。猟犬が猟犬として死ねたのですから」

「あ、ありがとう。そう言うてもらえると……」

老いた猟人の涙ぐんだ声は、そう聞こえた。

「では」と言って俺は受話器を置いた。

3

車に固定した特製のロッカーに、銃を隠した。常備している折りたたみ式の軍用スコップを取り出し、荷台の隅《すみ》にたたんである毛布の切れ端を持って、また山へ入った。毛布は、死んだ犬の小屋に敷いてあったものだ。ジョーに、追うもののにおいを覚えさせるために借りてきたのだ。

並んで歩いているジョーに、俺は言った。

「相棒、よくやった。無駄飯《むだめし》食ってるだけじゃあないんだな」

ジョーが、狼のような長い尾をゆらりと一振りしたように見えたが、思い違いかも知れない。俺は、ついこう言ってしまった。

「今夜は、ビールをおごる」

ジョリーが死んでいた場所に近い林の一隅《いちぐう》を、深く掘った。土は硬く、忽《たちま》ち汗がにじんだ。犬の体を拭いて、毛布にくるんで埋めてやった。もう一度川へ下りて、据《す》わりのいい重い石を選んで運び、墓石の代わりにした。

何時の間にか日が昇り、木立ちを洩《も》れる光は林の中をすっかり明るくしていた。俺は依頼主から聞いた話を思い出していた。

ジョリーは元気な仔犬《こいぬ》だったそうだ。マンションの地上四階で飼っていたが、人工芝を敷いた広いテラスで跳ねまわって遊んでいたという。ある日、テラスに降りた鳩《はと》を追って、四階から飛び出してしまった。芝生に落ちたジョリーは、不思議な事に足を折らなかった。そのかわり腹を強打した。四肢《しし》をひろげた姿で跳び、そのまま地面に落ちたらしい。

この仕事は辛《つら》い結末で終ったが、鳩を追って鳥のように空中を飛んだ犬の、ありし日の姿が目に浮かび、俺は少し気が晴れた。

4

県道との境界になっている幅三メートルほどの小川を渡ると、俺の土地である。鉄道の枕木《まくらぎ》の廃材を並べた橋板が、四駆の車輪の下で軋《きし》んだ。門の柱に張ったロープが外れたまま地面に垂れていた。いやな予感がした。

門といっても、これも廃材の電柱を二本建てて、その上に丸太の梁《はり》をわたし、四つ股《エイトポイント》のエゾジカの角を打ちつけただけのものだ。ロープは扉《とびら》の代わりで、車で此処《ここ》を訪れた人は、一旦《いったん》車を停《と》めて橋を歩いて行って、このロープを外さなければならないのだ。

来客に親切な方法とは俺も思わないが、親切を売物の仕事ではない。それにこれが境界を示すせめてもの印しである。これがなければ、此処が私有地と知らずに入って来る車が多いのだ。

ゲートをくぐると、左側には山から下ってきた水のきれいな水路が流れ、右側は雑木の山の斜面となる。この流れと低い山に挟《はさ》まれた地道が北東に延びている。千メートルほど先に俺の住いがあるのだが、道路が緩くカーブしていて、此処からは見えない。

門を入ってすぐの山林に、トラック一杯分の瓦礫《がれき》が棄《す》てられてあった。壊した建築物の残骸《ざんがい》と思える木片とコンクリートの塊と土砂、それに古タイヤまでが投棄されていた。この邪悪な芥《あくた》の山を見るのは、これが二度目だ。

今朝、家を出たのは未明の四時頃だった。その時、これはなかったし、橋を渡って、ロープを張りに戻ったのは確かだ。おそらくその直後のまだ暗いうちにやって来て、ダンプはバックで侵入し、がらくたを一気にふり落としていったのだろう。

一度目は先週の事だった。丸一日費やして、投棄物を片づけたばかりだ。片づけるといっても、芥をより分けて、燃える物は燃やし、土砂は道に撒《ま》いて均《な》らしただけだ。コンクリートの破片やタイヤは、持って行く所もない。目立たない所に積上げておくほかなかった。

俺は胸の底からこみ上げてくる苦いものを呑み下し、家に向かった。

先《ま》ず目にとび込んでくるのは、アラカシの大樹だ。この樹《き》の下に俺の家があるのだ。この家の事を、砦《とりで》のようだと人は言う。横長のフラットな建物は、電柱の廃材を組み上げたものだ。丸太小屋には違いないが、流行《はや》りのコテージとかロッジとかいうような洒落《しやれ》たものではなく、頑丈《がんじよう》な納屋のような、黒光りした小屋だ。

裏側は鉄筋コンクリート造りの二階建てで後から建て増したものだ。コンクリートの粗い地のままの素っ気ない建物だが、正面から見る限り、丸太小屋の屋根に隠れて目立たない。

もし此処がアメリカ西部の辺境か何かで、攻めて来る敵があるとすれば、この家は、立て籠《こも》って迎え撃つにはこの上なく頼もしい要塞となるだろう。

〈竜門猟犬探偵舎《たんてい》〉と大書した、道場の看板のような表札を掲げた家に入った。銃と弾丸を居間の金属ロッカーに納《しま》った。冷蔵庫から七五〇mlの缶ビールを出して、大半をジョーの皿に入れてやった。ビールはこいつの大好物なのだ。ピチャピチャと音を立てるのは行儀が悪いと、こいつに言っても無駄だ。俺は残りを飲みほした。

事務所へ入って、留守番電話のテープを聞いた。

「わしや。いったい何処《どこ》をほっつき歩いてる」

どなるような声が、いきなりとび出てきた。

「話がある。帰り次第、電話せえ」

それだけだった。

こんな乱暴な電話をかけてくる男は、一人しかいない。俺は奈良県大柳生《おおやぎゅう》の火打鉄《ひうち》男に電話した。電話に出た中年女性に名を告げた。色気のない大声で「社長、お電話あー」と言うのが聞こえて、火打が出てきた。

「よお、探偵」

「やぁ、密猟者」

「何べんも電話したんじょ。朝帰りの柄《がら》やないし、また犬探しか？　そんな事で食えてるのか」

「今のところ、犬の餌には手をつけずにいる」

「ふん、それも時間の問題やな」

「何の用だ」

「あぁ。仔連れの猪《しし》を見切ってある。でかいじょ。二十二貫はある牝《めす》に、仔が四つ。明日の朝、追い出す。一番待ちに立たせるから、五時までにわしんとこへ来いや。今猟期の初獲物《えもの》や」

俺は思わず呻いた。何もかもおっぽり出して、百キロ余の道をすっとばして駆けつけたいと強い誘惑に動揺した。克己心をふるい起こして言った。

「行きたいが、仕事だ」

「そんなに繁盛《はんじよう》してるんか。世間には、犬盗まれるどじな奴《やつ》がそんなにいるんか」

「盗難ばかりじゃないがね」

「あ、そや。も一つ知らせてやる事があった。お前、ポインター探してる言うてたな」

「三歳のイングリッシュ・ポインターだ。依頼主の話によると、先日の解禁の日、山の中で見失って、それきり車に戻ってこなかったらしい」

「クレー射撃の仲間で花園に住んでる男が、耳よりな話をしてた。八尾《やお》の水道屋で権野《ごんの》いう射撃も猟も半端《はんぱ》な男が、最近突然ポインターを使いだしたそうや。こいつ、先猟期の終る頃に、それまで使ってた血統書付きのセッターを盗まれた言うて、大騒ぎしてたそうや。ところが、この男が今度ポインターを買ったという話は、聞いた者《もん》がない」

それだ！　という直感があった。

「その話、当たってみたい。詳しい事が聞けるか」

「そう話してた男に電話しとく。直《じ》かに訊《たず》ねてみろや」

火打は、その知人の名前と電話番号を教えてくれた。

「その男が言うには、権野という奴は、鼻もちならん嫌な野郎で、ふたこと目には暴力をふるう乱暴な男やそうや。射撃場では皆に嫌《きら》われてるし、こいつと猟をする者もおらんらしい。近づくんなら、十分用心せえよ」

「わかった。ありがとう」

ふん、ありがとうだと……世間並みのこと言いやがる、と悪態ついているのが聞こえた。

「ところで、探偵。まだ決心つかんのか。食えもせんそんな妙な仕事であくせくするより、そこの山林の半分もわしに譲れば、遊んで食える。わしが扱えば、お前の嫌がるような使い方はせん。話し合ってお前も納得する形で活用するつもりや」

火打鉄男は、大柳生林業の三代目の経営者だ。火打家は土地の旧家で、父親は村長もつとめた名士である。代々、治山造林を業としている。今は時代に合わせて、従業員を十数人に減らしているが、時期によって職人や季節労働者を使って手広くやっている。当主も見かけによらず手堅い経営で、業界でも信用されていた。最近は山林を主とした不動産業にも手を染めていたのだ。

東京で生まれ育った俺は、京都の大学で火打鉄男と出会った。人馴《ひとな》れした陽気な火打と、口が重く人づき合いの良くない俺だが、何故《なぜ》か気の合うところがあって、互いに信じ合ってつき合っていた。

父の突然の死で、俺は大学を中退して東京へ戻っていたが、五年ほど前、関西の祖父の死によって、兵庫県に近い大阪府西北端の能勢《のせ》の、この三万五千坪の土地を相続したのだ。

かねてから自然の中で暮らしたいという願望があっただけに、俺は東京での生活を整理して此処へ移って来た。狩猟という共通の趣味もあって、火打とのつき合いがまた戻っていたのだ。

「おい、聞いてるのか」

火打が声を大きくした。

「あぁ……考えておく」

「ふん。何時もそれや。下手に考えて、ろくでもない不動産屋なんかに引っかかるなよ。あのセンチュリー興業ちゅうのは、その後来なんだか？」

「今朝来たようだ。雇われの手先が」

「雇われの手先やと？　どういう事や」

「明け方、ダンプ一杯のがらくたを投棄して行った」

「またか。奴等のやりそうなこっちゃ。センチュリー興業ちゅうのはな、地上げ、残土不法処理、何でもやる悪質業者で、河内《かわち》の暴力団花菱《はなびし》組とつながってる」

「花菱組？」

「落ち目の組でな。組員の足抜けが多くて、近頃は暴走族のガキを手なずけたりしている。たいした事は出来んやろが、その程度の嫌がらせは当分続くかも知れんな」

「………」

「腹立ちまぎれに、手ひどく痛めつけたりするなよ」

「俺がか？」

ほろ酔いジョーは、伸ばした前肢《まえあし》に顔をのせて居眠りしだした。

「へてからな、近々こっちの林業士を行かせる。山林の下刈り、枝打ち、間伐、植樹……手えかけたらんと、荒れ始めると山は見る間に枯れるぞ」

「あぁ、ぜひ頼む。その機会に俺も教わりたい。いろいろ、すまんな」

「なに、いずれわしのもんになる山や」

電話が切れた。俺は軍手をはめ、大きなショベルを担《かつ》いで家を出た。今日はショベルに縁のある日になった。

第二章　罠《わな》

1

　遠い山脈《やまなみ》の背に日が出て、山の稜線《りようせん》がぼやけた。信貴《しぎ》や生駒《いこま》の連山だろう。俺は張込みの車の中で、手をこすり合わせて血行を甦《よみがえ》らせた。望遠レンズを着けたニコンを構えた。

　六時十分、百メートルほど先の家から、彼等が出てきた。昨日と同じ時刻だ。権野の息子と思える中学生くらいの少年が、引き綱をつけた犬と共に、自転車でこちらに向かって来た。俺はカメラを構えて、フロントガラス越しに数回シャッターを切った。

　急いで車を下りた。ジョーは後部席の床に寝そべらせておいた。立てかけておいた自転車に跨って、少年に向かってゆっくり漕《こ》いで行った。散歩をしているポインターが、躍るような歩調で少年の先に立って自転車を引っぱっている。

　俺は少年の前で自転車を停めて「やぁ」と声をかけた。明るい顔の少年が、ちょっと笑みを見せて通り過ぎた。俺は向きを変えて、少年を追った。「良い犬だなぁ」と後ろから話しかけながら、少年と並んだ。

犬の体型、斑点《はんてん》の形、毛色を素早く確かめた。捜索を依頼されたポインターに、まず間違いない。首輪が新しい。鑑札のついた首輪を外して、別のに付け替えたのだ。

「よく曳《ひ》いてあるなぁ」

犬に目を当てたまま言った。

少年は初めて見る俺にどんな応じ方をしていいか迷っているように見えた。独り言のように言った。

「朝と夕方、ぼくが曳いてんや」

「猟場で働きそうだな……いや、俺も猟をやるんだ」

「はぁ……」

少年は、あいまいにこたえた。

「しっかりと鳥を抑《おさ》えるんだろ」

「さぁ……犬を使うのは父さんやから」

「お父さんは、犬の事を自慢しないかい」

「これが家《うち》に来て、まだ日がないから……」

「お父さんは、よく猟に行くの？」

「休みの度《たんび》に行く。それに射撃場にも」

「犬の運動は君任せでか」

「うん」

少年の表情に、不満が見えたように思う。多分、父親がやらせているのだろう。もうひと言、ふた言話せば、本音を洩らすのではないかと思った。

じゃあな、と言って俺は後戻りした。俺の印象を残さない方がいいのだ。通りすがりの犬好きな男が、ちょっと声をかけてきたという程度に思わせて、少年がこの事を忘れてくれるように期待する。

火打鉄男が教えてくれた近鉄沿線花園に住むハンターに電話して話を聞き、権野という男の住所を知った。昨日の早朝、俺は能勢からこの八尾まで走って来て、権野の家を探したのだ。水田を埋立てて造成した土地に、数十軒の新しい建て売り住宅が並んでいた。角の大きな家が権野の住いだった。

昨日も、まだ明けきらない住宅地の露地に車の尻《しり》を入れて、俺は当てもなく見張っていたのだ。猟犬を飼っている者は、通常朝夕犬を走らせるものだ。特に猟期中は十分に曳き廻《まわ》して贅肉《ぜいにく》を落としておかなければならない。権野は犬を連れて出てくるに違いない、と俺は踏んでいた。

予想は半《なか》ば当たったが、犬を曳くのは少年だった。昨日は車の中から写真を撮るだけにした。そして今朝は自転車を積んできて、こうして待機していたわけだ。

2

帰ってみると、大きな獲物がかかっていた。ダンプカーが一台、俺が掘った溝に後輪の両方を落として頓挫《とんざ》していた。

先日、投棄されていた土砂や屑《くず》を片付けた後、俺は長く深い塹壕《ざんごう》のような穴を掘った。穴に枯れ枝をわたした上に薄いベニヤ板を置いて、土を撒《ま》いておいたのだ。バックで侵入するトラックの後輪が踏まずにはすまない場所だ。そこに穴が掘られているとは見えなかった。

這《は》い出ようとして足掻《あが》いた跡が穴を抉《えぐ》っていたが、ダンプは前輪を撥《は》ね上げて落ち、自力で脱出する事は出来なかった。荷台を上げる直前に落ちたので、満載した積荷はほとんどそのままだった。

俺はコンパクトカメラで、ダンプを四方から撮った。車体には社名も屋号もなかったが、後尾ナンバープレートに並んで、菊花を井桁《いげた》のような菱形《ひしがた》で囲んだ紋章の鉄板が打ちつけてあった。罰当《ばちあ》たりな奴だ。ドアはロックされてなかったが、鍵《キー》も車検証もなかった。

俺は車の道具箱を出して、ダンプのハンドルと前のナンバープレートを外した。しけた戦利品を持って、家に帰った。

宝塚仁川《にがわ》の依頼人に電話をかけた。四十年余勤めあげた証券会社を辞めて、傍系子会社の顧問をしている初老の男で、浜田といった。半日の勤務から帰宅したばかりだった。

「アビーと思えるポインターを見つけました」

と俺は言った。驚きと喜びの声があがった。

だが犬をおさえている権野という男の風評からすると、すぐにも犬を連れて帰れる状況ではないと話した。犬を撮った写真を自家現像して、紙焼きプリントしておくから見に来てもらいたいと言った。俺の方に、しばらく留守にできない事情があることも伝えた。ダンプの連中がやって来るに違いないからだ。

依頼人は、明日の午後うかがいますと力のない声で言って電話を切った。素直で大人しい人のようで、愛犬が簡単には取り戻せそうにないと知って、非常に不安を感じているようだった。

3

午後もおそく、彼等はやって来た。砂塵《さじん》を巻き上げて私道をやって来る二台の車を見て、俺はジョーと共に家の表に出た。奴らの土足を、家へ踏み込ませたくなかったのだ。

地面から少し高くなったテラスの、木の椅子に座って待った。

荒々しい停め方をした白のリンカーン・コンチネンタルから二人、荷を積んでないダンプカーから二人の男がとび出てきた。ブルゾンの男がテラスの階段に足をかけた。

「そこまでだ」

と俺は言った。

一瞬足を停めた男は「何ぬかしやがる」と言いながら、上がって来ようとした。

「停まれっ」

鞭《むち》のようにピシリと叱咤《しった》した。床で寝そべっていたジョーが、むくりと起きた。

「住居侵入罪というのを知ってるか」

俺は言った。

「誰だ、お前ら。人を訪ねたら、先ず名乗れ」

気をのまれた顔を見合わせて、四人が一塊りになっていたが、ブルゾンが口をひらいた。

「ハンドルやナンバー、返してもらおか」

「何の話だ」

「とぼけるな。ダンプの輪っぱ、外しやがって」

「すると、あの不法投棄は、お前らの仕事だと言うんだな」

こたえはなかった。

俺はベルトのシースナイフを抜いた。男たちが体を硬くしたのを見て取った。俺は転がっていた木の枝を拾って、スパッと切った。

「ダンプの写真をたっぷり撮っておいた。写真には今日の日付けも入っている。しかるべき所へ、何時《いつ》でも提出できる」

ナイフを使いながら、男たちの顔を一人ずつ見てやった。

「先日棄てていった屑を積んで帰れ。溝も埋めていけ。そうすればハンドルもプレートも返してやる」

男たちが口汚い怒声をあげた。それまでは黙っていたダークスーツの男が、一歩前へ出た。

「調子に乗るなよ、兄《あん》ちゃん。何者《なにもん》か知らんが、ただですむと思ってるんか」

俺は男の三白眼を見ながら言った。

「花菱組の者か」

一瞬、虚を衝《つ》かれた表情が見えた。

「川からこちらは俺の土地だ。花菱組もセンチュリー興業も、ごろつきダンプも、ここへは入れない」

「何《なん》やとぉ、言わしといたら」

ダンプの男が息まいた。

俺は足を伸ばして、テラスの手摺《てす》りにのせ、体を後ろに倒した。『荒野の決闘』のヘンリー・フォンダの真似だ。

「おい、あのダンプを引き上げるのは一仕事だぞ。古タイヤも忘れずに持って帰れよ」

思い出したように言い足した。

「バンコックの警官から聞いた話だが、タイの山村ではな、盗《ぬす》っ人《と》の常習犯を捕えると、手を縛って、積上げた古タイヤの中に立たせて火をつけるんだってな。タイヤは高温で燃え続けて、人間なんか骨まで溶けて、跡かたもなくなるそうだ。この三万五千坪の山中で、俺が何を燃やそうと誰も気にせんだろうな」

俺は、にやりと笑ってやった。

「この後、橋の幅を二十センチ狭くしておく。車は通れるがトラックは通れない。それにな、親切で言ってやるのだが、暴走族に乱入させて暴れさせようなんて考えはやめとけ。バイクのガキには此処は危険な所だ。到る所、罠《わな》が仕掛けてあって、骨折するくらいですめばいいが、首をちょん切る事になるぞ」

男たちは声をのんで沈黙した。

「ま、近づかないことだ。お前たちの歯が立つ相手じゃあない。さぁ、作業にかかれ。日が暮れるぞ」

また寝そべってしまったジョーに目をやって言った。

「俺とこいつが見届ける。この狼は飼主に似ず気の荒い奴でな。腹すかすと、すぐ人の喉《のど》に食いつくんだ」

第三章　待ち伏せ

1

めっきり寒くなった、よく晴れた日曜日、火打鉄男からの宅配便が届いた。二キロの猪肉《いのししにく》と自家製の白味噌《みそ》を送ってくれたのだ。厚揚げと白菜をぶち込んでぐつぐつ煮る猪鍋《なべ》の事を、考えただけで生唾《なまつば》がわいた。今夜、これで焼酎《しょうちゅう》を一杯やるのを楽しみにして、俺は家を出た。

高槻《たかつき》のクレー射撃場に向かう車の中で、思いはまた柳生の里に飛んでいた。火打たちは、あの獲物を見事に仕止めたのだ。彼が見切りで猪を二十二貫と踏んだのなら、獲物は二十二貫の猪だったはずだ。予想と獲物の大きさが一割と違った事はない。

八十二キロ余の猪を解体して肉にすると、五十キロほどになる。彼らはそれを平等に分配する。狩人が五人で犬が五頭の猟だったとすると、肉は十等分される。ロースもバラ肉も股《もも》も、それぞれに十等分する。リーダーが多く取るとか、撃った者が優先されるというような事はない。完全に平等に分配される。犬の分は、もちろん主人が取るのだ。

今回は今期の初獲物だったから肉にしたが、普段はマルのまま売る。血を抜き、腹を割って内臓を出した状態で、冷水を張った水槽《すいそう》に漬けておく。売った金を分配するのだ。猪の肉は牛肉の高級品より、なお高価なのだ。

彼等の猟は遊びではない。現金収入を得るための仕事なのだ。自分の〝待ち〟にかかった獲物を、ドジや怠慢で逃がすと強く叱責《しっせき》される。

ある時、こんな事があった。配られた待ち場に入った常連の一人が、時間が過ぎても犬の声一つ聞こえない状態に退屈し、落ち葉を集めて火をおこした。かじかんだ手を炙《あぶ》る程度の小さな焚火《たきび》だった。火を消して、待ちをちょっと離れた隙《すき》に、猪がそこを通って逃げた。

通常、猪は火や煙のにおいに敏感で、近づかないが、犬に追われている時は別だ。焚火の跡の灰を踏んで行った。

犬を追って来たリーダーの火打が、灰に残る猪の足跡を見つけた。焚火をした男は縄《なわ》を打たれて、松の木の枝に吊《つ》るされて仕置きされた。待ちでは、煙草《たばこ》を吸う事も小便をする事も禁じられていた。火を焚く事や待ちを離れる事は最もタブーとされた。

このように、猪猟は実益のかかった厳しく真剣な仕事なのだ。だが猟期の終る頃、近隣の山にはもう猪がいなくなったと見限ってやる鹿《しか》撃ちや鳥猟は、お遊びだった。緊張感から解放された、猥雑《わいざつ》な笑い声に満ちたお祭りだ。彼等にとって、求める獲物は猪だけで、鹿ですらどうでもいいゲームだったのだ。

射撃場が近づくと、銃声が聞こえてきた。ハンターは猟期中は狩猟に専念して、何時でもやれる射撃から遠ざかるものだ。だが折角出した飛鳥を撃って失中する日が続くと、自分の射撃に自信をなくして、射撃場に駆けつける。飛ぶ皿《クレー》を撃って勘を取り戻そうとするのだ。

2

昨日の午後、アビー号のオーナーである浜田が、約束通り事務所へ来た。望遠で撮って引き伸ばしたものだが、写真を一目見るなり、

「アビーです。間違いありません」

と言い切った。左の肩の、ほとんど正方形に見える黒い斑点に特徴があった。

これで俺の仕事は一応終った事になる。俺が引き受けたのは、失踪《しっそう》した猟犬を探し出すまでである。いなくなった犬を見つけ出す事と、その犬を無事に連れて帰る事は、全く次元の違う事である。特に犬が盗まれていた場合、これを連れ戻すのは問題の多い難儀な仕事となる。

その猟犬の所有権は、もちろん犬の本当のオーナーにある。その犬が血統書《ペディグリー》付きの場合は、公認の団体やクラブが発行する猟犬血統書がある。犬種、犬の名、特徴などと系図が、所有者の名と共に明記され、また犬の全身写真が貼付《ちようふ》されている。

血統書のない犬であっても、正規に登録されている限り、都道府県の各地区の発行する鑑札や狂犬病予防注射済証に、所有者の氏名、住所、犬名、性別、生年月日、毛色などが書きこまれているし、金属のプレートには登録番号が刻印されている。それらが所有者を証明するものになるのは、言うまでもない。

だが犬が意図的に盗まれた場合、そういう証《あか》しを振りかざしてみても、うまく回収出来るわけではない。裁判にでもなれば、それはもちろん切り札になる。

だが、盗んでおきながら、誰もがそれを認めない。犬が迷いこんで来たとか、餓《う》えて餌をあさっていたのを拾ってきて飼ってやってるのだと主張する。

ポインターやセッターなどの鳥猟犬は、猪猟で使う和犬と違い、性格が温和で人懐《なつ》こい。猟場で、ドアやトランクを開けた他人の車にひょいと乗り込んだりする。初猟の日、猟野でいなくなったというアビーの場合も、そうして盗まれたのではないだろうか。

また盗難犬の回収は、こじれるほど犬自身の安全が危くなる。追及し過ぎると、盗んだ者が自棄《やけ》になって犬を遠くに捨てたり、犬に危害を加えたり、また殺してしまったりする事があるのだ。

アビーのオーナー浜田は、知人からも権野の風評を聞きこんできていた。浜田はすっかり脅《おび》えてしまっていた。人と争う事の出来ない人柄《ひとがら》のようだった。だがアビーへの執着はあって、諦《あきら》められないのだ。改めてアビーの回収を俺に依頼した。依頼というより懇望した。

俺にはビジネスだし、やってみましょうと引き受けるほかなかった。浜田は権野との交渉にも自分の名を出さないでほしいと望んだ。後難を恐れたのだろう。

俺は昨夜、権野に電話した。先ず名乗って、あなたが今飼っているポインターの事で訊ねたい事があると言い、面会を申し込んだ。権野の応答は予想した通りのものだった。

「犬の事、聞きたいやと。いったいあんたは何者《なにもん》や。警察か」

「失踪した猟犬を探す仕事をしている者です」

「犬の探し屋？　みじめな仕事やってるな」

「で、明日の都合を聞かせてもらいたい」

「駄目《だめ》だ。明日は居ない。射撃に行く」

「何処《どこ》の射撃場です？　そこからだと岸和田国際か高槻《たかつき》国際ですか。それとも泉南の大阪総合か……」

電話の相手が、クレー射撃場の事をよく知っている男だと知って、権野はちょっと鼻白んだようだったが、渋々高槻だと答えた。

3

トラップとスキート各一面の射撃場に、今日は二十人ほどの男女が来ていて、射台を巡りながら、それぞれに快《こころよ》い銃声をあげていた。高速で放出された白いクレーピジョンが、粉々に砕けて飛散する光景は、何時見ても良いものだ。

射撃場の職員らしい男に、権野が来ているか訊ねた。男はトラップの射台に並んでいる一人の背を指さした。胸板の厚い、がっしりした体型の男だった。

俺は後方のベンチに腰かけて、初めて見る男を観察した。権野は上下二連の銃を使い、六割ほどのクレーを割っていたが、射撃フォームに悪い癖をつけてしまっていた。先ず肩付けがぎごちなかった。顎《あご》を上げて銃をかかえこみ、顔を一、二度しゃくって構えた。実猟では役に立たない。こんなぎくしゃくした儀式をやってる間に、立った鳥は遠く飛んで姿を隠しているだろう。

それに、撃ち終えるやいなや、銃を横に捻《ひね》って折り、空薬莢をとばしていた。誰かのフォームを真似てるのだろう。左に飛ぶクレーは、ほとんど失中していた。要するに、不自然で品の悪い撃ち方だった。

　二ラウンド続けて撃ち、戻って来た権野に俺は声をかけた。昨夜電話した竜門ですと、改めて自己紹介した。五分だけ時間を割《さ》いてほしいというのに、権野は話す事はないとにべもなかった。他聞をはばかるのだろうと思い、人のいない所でと言ってみたが、その必要はないと突っぱねた。

「では用件だけ言う。あなたが二週間ほど前から飼いだしたあのポインターは、あなたのものではない。調べたが、あなたからの登録申告はなかった。わたしはあの犬の血統書を持った所有者から、犬の捜索と回収を依頼された者だ。くだくだ言わない。犬を引き渡してくれれば、何も言うつもりはない。所有者は二週間飼ってもらった謝礼をして、この事は忘れると言ってる」

　権野は早くも顔を真っ赤にして、嚙《か》みついてきた。

「俺が盗んだ言《ゆ》うんか、汝《わり》や」

　さすがに声は押し殺していた。猪首《いくび》を突き出して顔を寄せてきた。

「おい、犬屋。犬盗まれたのは俺の方や。この二月、セッターを盗まれた。そいつを連れて来い。そしたら考えたる」

　言っている事の理不尽に気づく男ではない。権野はドスを利《き》かせたつもりの声で言った。

「怪我《けが》せんうちに帰れ」

俺は声を低めて言った。

「今朝はドッグフードをくすねて食ってきたのか、口が臭《くさ》いが」

権野は顔をどす黒くした。

「やる気か」

「あんたのセッターは盗まれたんじゃあないと思うな。逃げたんだ、きっと」

俺は背を向けて一足歩き、思い出したようにふり向いて言ってやった。

「ああ、それからな。左へ出るクレーだが、スタンスを初めから少し左へ向けて立つように矯正《きょうせい》するんだな。少しは当たるようになる」

4

帰るまで不快感が消えなかった。この秋は、米も麦もいやな男も上作のようだ。唾棄《だき》したい男たちとの対応が続いて、自分の性根まで荒《すさ》んだような気がする。

帰るなり、冷蔵庫から瓶《びん》に入れた清水をだした。うがいをした上で、コップになみなみと注いで飲みほした。俺の山の湧き水だが、こんなにうまい水はない。この北摂、能勢の地は、今流行《はや》りの言葉でいう名水を、到る所で惜し気もなく湧出《ゆうしゅつ》させている。冷蔵庫には、今朝ほうり込んだ猪肉の包みがあった。気持ちが少し和《なご》んだ。

だが、嫌《いや》な事は続くものだ。留守番電話から、ざらついた声が出てきた。

「仕事がある。電話をくれ。堺《さかい》の兵藤組《ひょうどうぐみ》だ」

そして電話番号。知らない声に、有無を言わさない強引さがあった。ほぼ同じ調子のメッセージが三回録音されていた。三度目は、

「急ぐ仕事だ。金は弾《はず》む」

と少し語調が変わっていた。またやくざか。俺はうんざりした。やくざと地上げ屋とごろつきばかりが俺に近づく。

兵藤組は大阪の組織暴力団金角会系の組で、武闘派で鳴る集団だ。河内の田舎やくざ花菱組なんかとは比較にならない組織である。金角会は大阪の北新地や、いわゆるミナミの歓楽街、さらに飛田や今里新地にまで勢力を伸ばす、関西有数の広域暴力団である。聞きかじりで、この程度の事は俺も知っていた。

俺は留守番電話に録音されていた番号に電話した。

「こちらは、竜門猟犬……」

言い切らないうちに「待ってた」と声が返り、すぐ人が代わった。

「犬を探してほしい」

と端的に切り出してきた。

「二歳のパグで……」

今度は俺が相手を遮《さえぎ》った。

「悪いが、そういう犬は扱わない。扱うのは猟犬だけです」

「金は出す。そちらも商売だろ」

「生憎《あいにく》だが、小型犬はやらないのだ」

「こちらの猟友会長の紹介だ。あんたの事、偏屈だが腕はいいと聞いた。だから頼んでるんだ。倍払おう」

「駄目だ。他処《ほか》を当たってほしい。ペット探し専門の所もあると聞いてる」

相手の語調が変わった。

「おい。何様のつもりだ。誰にもの言ってるのか解っているのか。兵藤組だと言ったろう」

「そう聞いた。誰だろうと、やれない事はやらん。チンコロは扱わないのだ。では」

俺は電話を切った。直《す》ぐにも追っかけて電話がかかってくるだろうと思ったが、それきりだった。

俺は受話器をとり、アビーのオーナー、浜田にかけた。射撃場での権野とのいきさつを要約して伝えた。話が通じる相手ではない、正面から追いつめるのは犬の安全のためにならないと話した。そしてある策を伝えた。犬を無事に取り戻したければ、この方法しかない。それには犬の主人であるあなたの協力が要る、と話した。

浜田は、行動の現場に身を置く事を渋った。俺は語気を強めて言った。いいですか、権野はアビーの名も持ち主の事も知らないのだ。盗んだ犬の鑑札の登録番号で持ち主の事を、役所や保健所に問い合わせる者はいない。犬を取り戻してしまえば、権野には追いようがない。あなたに難が及ぶ事はないのだ、と説得した。

5

次の日曜日の午前四時、浜田と八尾駅前で落ち合った。車を駐車場に残した浜田を俺の車に乗せた。浜田はジョーを見て、一瞬すくんだ。荒っぽい事になるかもしれないこれからの先ゆきを思ってか、蒼《あお》ざめていた。

権野の家を見張れる例の場所で、俺たちは待った。権野は何人かの人を使って水道工事の請負《うけお》い業をやっていて、結構忙しいようだ。自ら現場へ出かけて働いたりして、週日は休めず、猟に行くのは日曜や祭日に限られているようだった。

権野の猟は単独猟で、そう遠出するものではないと俺は見ていた。彼を知る人が皆言うように、あの粗暴さでは誰も一緒に猟をしたがらないだろう。

狩猟は、常に危険を潜在させている。複数の者で共猟する場合は、その度合いが高くなる。なにしろ、弾丸をこめた銃を持った男が、共に手の届く近さで行動するのだから。暴発や誤射が何時起こるか解らないのだ。猟を安全に楽しむためには、信頼しあえる者を選ばなければならない。

六時を過ぎて、権野がアビーと共に出てきた。遠出するには遅過ぎる。三週間ぶりに愛犬の姿を見た浜田が、喉の奥で嘆声をあげた。

「あれが権野だ」

言うまでもなかったが、俺は教えた。

アイドリングもせずとび出した権野の車から十分に間をとって、俺はつけて行った。日曜の朝は車も少なかった。東に一時間ほど走った、丘陵の農耕地帯に来ると、浜田が周りを見廻して言った。

「この辺りは知ってます。キジ撃ちによく来ました」

田畑が拡《ひろ》がり、あちこちに雑木の林や藪《やぶ》があった。遠くない所に村落が見えた。

山林の登り口で、権野は車を駐めた。俺はそのまま通り過ぎ、木立ちの蔭で停まった。

二連銃をかかえて車を下りる権野を見た上で、浜田に言った。

「わたしは此処で下りて権野をつける。あなたはこの車で山の裏側に廻って待機する。山林の出口は見当つきますね」

浜田は唾を呑み込むように頷《うなず》いた。

すでに何度も言って聞かせた手順の要点を、また繰返した。

「わたしの合図で、あなたはアビーの名を呼ぶ。主人の声だと犬に記憶を取り戻させる大きな声で呼ぶんだ。権野に聞こえても、あの犬を呼んでいるのかどうか、彼には判断できない。全《すべ》て終ったら、エンジンをかけて、クラクションを三回鳴らす。いいですね」

俺はジョーを車に残し、ポンプ銃を持って車を下りた。窓越しに、強い声で言った。

「勇気をもって、やってのけるんだ」

俺は権野が消えた木立ちの口に向かって走った。ポケットから手製の鞘《さや》に入れた目打ちをとり出した。権野の車の側を通り抜けながら、後の車輪のタイヤに鋭い目打ちを刺した。ためらいもなく両輪に穴をうがった。タイヤが溜息《ためいき》を吐《つ》くのを聞く間も待たず、権野を追った。

藪に入りながら、俺は銃に弾丸をこめた。口径12番のスライド・アクション・レピーターで、26インチと銃身が短い。弾倉に二発、薬室に一発装塡した時、藪の中で銃声がした。矢継ぎ早やの二発……この地形なら、多分コジュケイだろう。権野の居場所の方向と距離がつかめた。

連射したところをみると、アビーは群鳥を一度に立たせたのかもしれない。群れのコジュケイは、次から次へと出て四方八方へ飛び、初心の者は、あれよあれよと見とれて撃つチャンスを失ってしまう。権野の腕前では、二連射で右に左に撃ち分けて、二羽落とすというのは考えられない。二発目の銃声が早過ぎた。狙《ねら》いもせず、あわてて撃ったもので、おそらく失中しているだろう。

それにアビーがどれほどの猟犬か知らないが、まだ新しい主人との連帯感はないはずだ。犬は順位性というような本能が強い。群れ《パック》の中での、お互いの順位が厳然とある。強い順に地位が決まる。

犬はまた、飼い主の家族の順位を的確に感知し、それに準じた対応をする。普段餌をくれたり身のまわりの世話をしてくれる家族の者よりも、一家の長に恭順する。誰が一番上位の者か、誤ることなく見抜くのである。

だが今のアビーは、権野を主人とは決めかねているのではないだろうか。猟犬としての本能と訓練で、独り勝手に猟をしているだけで、主人と一体となった猟とは思えない。

木立ちを縫って走るアビーの白い体が見えた。俺は立ち止って木に体を隠し、目を走らせた。アビーを追う権野が見えた。犬と人との間があり過ぎた。権野は藪の枝を体でへし折り、がさつな音を立てて動いていた。

俺はアビーを追った。人よりも図体《ずうたい》の大きい俺だが、藪の中で音を立てず獣のように動く方法は心得ていた。アビーと権野を結ぶ線を少し外した、二者の中間の位置を保ちながら、俺は移動した。木立ちが明るくなった。もうすぐ藪を抜ける事になる。

やがて木立ちの向うにチラと田畑が見えた。俺は空に向けて三連射した。犬が出るぞ、という合図だ。権野の銃は上下二連だから、三連射の銃声は俺のものだという事になる。今、浜田は懸命にアビーを呼んでいるはずだ。

俺は片膝《かたひざ》を地に着け、体を低くして待った。権野が駆けつけてきて、犬や浜田を追うような状況になれば阻止しなければならない。といっても、銃を持った兇暴《きようぼう》な男にどんな手で立ち向かうか、名案があるわけではなかった。落ち葉に含んだ水分が、ズボンを通して俺の膝を濡《ぬ》らした。

クラクションが三回鳴った。俺は体を低くしたまま走った。散弾の熱い雨を浴びせられる恐怖で、背を硬くしていただろう。畑の向うの村道で、俺の車が排気の煙を上げていた。

俺の姿を見た浜田が、運転席のドアを開け放ち、尻をずらせて助手席へ移った。俺は車に乗り込みながらアビーとジョーの姿を確かめ、レバーをローに叩《たた》き込んで跳び出した。

第四章　狩り日和《びより》

1

焦《こ》げめをつけたトースト二枚、目玉焼きで卵二箇《こ》、ポット一杯の熱い紅茶にハーフ・グレープフルーツの朝食を平らげて、俺は機嫌《きげん》がよかった。ジョーは朝から猪肉のステーキと、肉汁《にくじゅう》をぶっかけた大皿一杯の飯を食い、まだ不機嫌そうだった。

先日、浜田は俺の手を握って何度も礼を言い、料金をキャッシュで払ってくれた。俺は久しぶりに現金収入を得て、えらく豊かになったような気分がしていた。

腹をさすりながら、テラスに出た。テラスの床には落ち葉が散り敷き、つやつやしたどんぐりの実が一面に転がっていた。このところ深みを増した空は晴れていよいよ青く、今朝は地球までも上機嫌に見えた。

50ccのオフロード・バイクを、車庫から引っぱり出した。七号半《ななはん》の弾丸三箱をキャンバスのバッグに入れて肩にかけた。内側にシープスキンを張ったケースにポンプガンを突っ込んで背負い、バイクで東の山に向かった。ジョーが渋々追って来た。

こんな山林でも、ひと月前は紅葉してそれなりの景観を見せた。朝は淡い霞《かすみ》の中で、赤、黄、金、褐色《かっしょく》ににじんで目を楽しませてくれた。

谷間の物置小屋でバイクを停めた。山の数箇所に、こういう小屋を設けてあるのだ。枝打ちや間伐用の道具と共に納《しま》ってあるアメリカ製の小型のクレー放出機を引きずり出した。湿らないように缶に入れて封をしたクレーピジョンを五十枚出した。

スパイク付きのしっかりした台座のクレートラップ機を、岩壁に向けて設置した。クレーピッチの皿を放出機にセットした。銃に七号半の弾丸を二発こめた。崖《がけ》に向かって立ち、放出機のステップを踏んだ。白いクレーが風を切って飛んだ。

俺は銃を挙げ、皿の軌跡を追って銃口を送り、引金を絞った。パッと皿が砕けて散った。谷では銃声は拡散せず、こもった、腹にひびく音になる。結局、四十六枚の皿を割った。初矢で八割、残りを後矢《あとや》で当てていた。

自動銃や二連銃に較《くら》べて、撃つ度に先台《ストック》をリピートするポンプ銃は、二発目を撃つのに不利だと思われているが、習熟するとその差はなくなる。俺はこのシンプルで故障のない銃を気に入っていて、長年使ってきた。

久しぶりの射撃だったが、九割余を命中させて、俺はさらに気分をよくして帰って来た。坂道の木立ちをとおして、家の前に黒い車が駐めてあるのが見えた。折角の気分の良い日を、ろくでもない来客で台なしにしたくなかった。

黒いベンツは窓のガラスまで黒くしてあって、中に人がいるのかどうかもわからなかった。俺は背負った銃を下ろし、ケースから抜いて、残弾がないかもう一度確かめた。走ったせいでハッハッと荒い呼吸《いき》をしているジョーを連れて、家に入った。

2

事務所に通じる廊下の壁に背をつけるようにして、男が二人つっ立っていた。映画で覚えたのか、男たちは型通りにボルサリーノを目深《まぶか》にかぶり、チョーク・ストライプのスーツを着て、足を少し開き、腕をだらりと下げて立っていた。

男たちの目は、俺の手のポンプ銃と、尖《とが》った牙《きば》の間から赤い舌を垂らした大きな犬を追っていた。無表情を装ってはいるが、体が強張《こわば》っていた。

「誰だ。お前ら」

俺は立ち止まって、見るからにボクサー上がりの男の一人を見おろして言った。男は黙ったまま事務所へ顎をしゃくった。

「口が利けないようだな」

言い捨てて、俺は事務所のドアを開けた。

先ず煙草のにおいが俺を迎えた。客用の椅子に、女が座っていた。男物のようなグレンチェックのスーツを着た、ほっそりとした女だった。俺を見上げて言った。

「待たせてもらったわ」

銃や犬には目もくれなかった。

廊下にいた男の一人が、黙って入って来て壁際《かべぎわ》に立った。

俺は銃をロッカーに納い、デスクの俺の椅子に座った。女は俺の視線をとらえて、脚を高々と組んだ。結構な見ものだった。見せるほどのものもない俺は、カシの木のデスクに土足をあげて、ドロミテの登山靴のビブラム・ラグ・ソールを拝ませてやった。

「誰だ、お前はと聞かないの」

「見当はつく」

「そう、チンコロの飼い主よ」

「…………」

「兵藤組の名くらいは知ってるわね。わたしは、そこの者」

「それで？」

「チンコロは犬ではない。やくざは人じゃあない。そうなんでしょ」

「そうは言ってない」

「わたしのパグの事でもう一度聞くけど、五十万でどお？　見つけてくれるだけでいい」

「お断りする。そういう犬は扱わないのだ」

「扱えないのね」

「そういう事だ。苦手なんだ」

女は灰皿を探してデスクを見廻《みまわ》した。だが俺は煙草は吸わない。したがって灰皿はない。代わりになる物を見つけてやろうともしなかった。女は火のついた煙草を、ハイヒールの靴底に押しつけた。ハンドバッグを開けて吸殻《すいがら》を投げ込み、パチッと閉じた。俺は、下を向いた女の睫《まつ》毛《げ》の長さに見とれた。女は顔を上げて俺を見た。

「無愛想がモットーのようね」

と言った。

「わかったわ。わたしのペットの事は、もう頼まない」

「少々助言は出来る」

「聞いてみるわ」

「その犬は登録してあるのか」

「もちろん……ペディグリーもあるわ」

「鑑札は体につけてあったか」

「それが……小さな犬だから……」

「探すのに、それがないのが一番の難点になる。一応の事はやったのか」

「一応の事って？」

「盗まれたのではない場合に限るが、先ず市の係留所とか保健所を当たる。鑑札をつけてなければ、登録番号だけで探してもらうわけにはいかない。飼い主が行って、一時係留されているペットを一匹ずつ調べる……この程度は、真っ先にやる事だが」

女の表情に、おどろきと悔いが見えた。

「知らなかったわ」

「善意の人に拾われた場合は、そういう施設に届けられている事がある。だが施設には、収容能力の点でも、ペットを保留しておく期限がある。期限を越すとペットは処分される」

「処分？」

「係留された犬の75パーセントは始末されると聞いた。もらわれていくのが一割、飼い主に引きとられるのは二割に満たないという。一日違いで薬殺されてしまっていた事も珍しくない」

女は明らかにショックを受けていた。俺は壁際につっ立った、ワックス・ミュージアムから盗んできたニック・ノルティの蠟《ろう》人形に目をやって、言った。

「すぐにでも人をやって探すんだな。能なしでも出来るだろ」

「わかったわ」

「ペットの一時係留は、各地の自治体に任されている。施設の呼称も規則もまちまちだ。近頃《ちかごろ》は動物管理センターとか、保護センターとか、うさん臭い名称の所が多い」

「……」

「それから、ポスターやチラシを作る手もある。犬の特徴を書き、見つけてくれた人、情報をくれた人へは十分に謝礼する事も書く。犬がいなくなった場所を中心に、貼《は》ったりばら撒いたりするのだ」

「ありがとう。すぐやる」

俺は電話を女の前へ置いてやった。女は受話器をとり、俺が教えた手順をてきぱきと伝えた。組の者に手配させたのだろう。要点の押さえ方に、頭の良さがうかがえた。

3

女は話し終えて、ほっとした顔で向き直った。バッグからキャメルを出して、火をつけた。壁際の蠟人形に振り向いて「灰皿」と言った。男はポケットを探し、平たい缶を取り出して、その蓋《ふた》を女の前に置いた。ハッカドロップの缶だった。タフなボディガードとドロップ……俺は笑ってしまった。

女がにこりともせず言った。

「実は、別の話があるの」

「聞いてみよう」

「あなたは猟犬専門だけど、猟犬以外の大型犬の捜索もやると聞いたけど」

「時には引き受ける」

「お金次第ってこと?」

「いや、気分次第だ」

女は舌打ちの一つもしたいような顔つきで、首を振った。

「これは真面目《まじめ》な話。真面目に聞いて」

「いつだってそうしてる」

「わたしたち……兵藤のことだけど……わたしたちが、常々お世話になってる方がいるの。代々の貿易商で、有数の資産家。芦屋《あしや》のお邸《やしき》には、会長の老御夫妻と一緒に、今の社長の次男夫婦が住んでられるのだけど、その独りっ子のお嬢さんは、生まれつき目が不自由なの。どんな家にも悩みはあるのね。十七歳のお嬢さんは、一日の大半を盲導犬と一緒に暮らしていた。この人にとって、盲導犬は唯一《ゆいいつ》の友であり、心のよりどころだったの」

　女は一息に喋《しゃべ》った。

「その犬がいなくなったの。盗まれたのだと思う」

「………」

「お嬢さん……裕子《ゆうこ》さんは、毎週土曜日の午後、犬と一緒に町に下りて、フルートの教室に通ってたの。お金持ちだから、フルートでもピアノでも、良い先生を邸に呼んで個人教授で習うのは容易なのに、裕子さんは自分の意志で、片道二キロほどの道を犬と歩いて教室に通っていたの」

　形の良い眉《まゆ》の根を寄せて、一心に話す女の目に俺は見入っていた。

「裕子さんは健気《けなげ》な人で、盲導犬と一緒に、少しでも行動半径を拡げていこうと努めていたのね」

　思いなしか、女の目がうるんでいるように見えた。

「帰り道は上《のぼ》り坂ばかりになるので、裕子さんはフルート教室の前の公衆電話を使って、邸で待機している車を呼んでいたのよ」

俺は立って行って部屋の隅《すみ》のキャビネットから、バーボンの瓶《びん》を出した。二つのグラスに、指二本くらいのバーボンを注《つ》ぎ、一つを黙って女の前へ置いた。

女はグラスを摑《つか》んで、一息に飲みほした。瞳《ひとみ》に小さな灯《ひ》がついた。ひたと見つめられると、たじろぐ思いをする。

「フォア・ローゼズ？」

「あぁ」

「山のフィリップ・マーローね」

白い肌《はだ》の女の高い頰《ほお》が、淡いピンクに染まった。

「ときにあなたの名、竜門そして何ていうの？」

「卓」

「たく？　食卓の卓？」

「円卓の卓」

女は笑った。真っ白な歯を見せたとたん、女の印象が一変した。だが次の瞬間、忽ちまたもとの硬い表情に戻った。

「ではランスロット卿《きょう》、話を続けるわ。えー、そう裕子さんは盲導犬をいっ時も離さず、いつも電話ボックスの中まで連れて入っていた。このボックスはカード専用のプッシュボタン式なの。左手で受話器を握り、右手でカードを扱ってボタンを叩く、この当たり前の事が盲人には結構難しい。裕子さんは習練でそれを克服し、目が見える人以上の速さでやってのけていたの。だけど受話器を扱う手の位置までは、盲導犬の胴輪《ハーネス》のハンドルは届かない。だから彼女は首輪の引き綱に腕を通して電話をかけていたの」

俺は女の話に引き込まれていた。全く知る事のなかった人と犬との関《かか》わりだった。

「ところが、その日はテレホンカードが、いつものポケットに入ってなかった。彼女は体中のポケットを探《さぐ》ってカードを探した。その時、引き綱を手から離して、ボックスの棚に置いたのね」

「それで？」

俺は思わず話を促《うなが》していた。

「やっとカードを見つけて、車を呼んだ。電話をし終えた時、犬はいなかった……」

女は顎を上げて、キッと俺を見た。

「その盲導犬を探してほしいの」

獣の出方を見据《みす》える狩人の目だった。

「やってみよう」

俺ではない誰かが、そう返事していた。女の表情が和んだ。

「よかった！」

「だが俺は盲導犬の事を何も知らない」

女は軽く頷《うなず》いて、その点は大丈夫だと言った。

「その娘さんの事、犬の事、犬がいなくなった場所や近くの環境などを、先ず知りたい」

「ビデオがあるの。裕子さんの母親が撮ったホームビデオが。早速これを見てもらうわ。由紀さんというんだけど、この人はよく娘さんの日常を撮っていたけど、たまたま犬が消えた日も、裕子さんを追ってカメラを回していたのよ」

女の表情に、わずかに笑みが見えた。

「実はこの由紀さんとわたしは神戸女学院で同期だったの。その頃からすでに評判の美人だった。何というのか、こう……ふわっとふくよかで、おっとりとして……」

女は束の間、遠い眼差《まなざ》しをした。

「由紀さんは、この関西有数の資産家の次男坊に見染められた。フィルムの輸入などで有名な一倉家よ。御長男は、事情があってスイスの保養地に住んでられたし、一倉家の事業はこの次男が引き継ごうとしていた。由紀さんは、神戸女学院在学中に懇望されて結婚したの。大学進学をあきらめてね……二十歳《はたち》の若さで生んだのが裕子さんなの」

俺はバーボンの瓶をとって来て、女のグラスに注《つ》いでやった。

「わたしの引きで兵藤はこの有力者の知遇を得て、何かと恩恵を受けているわ。そんな事もあって、兵藤はわたしには頭が上がらないってわけ」

「そのビデオ、何時見られる」

「此処にデッキがあれば、明日にでも借りてくるわ」

「あるにはあるが、動くかどうか」

「使ってないの？」

「借りてきたビデオで、ボガートの『脱出』を見たきりだ」

女はグラスを手にして言った。

「ハリー・モーガン。誰にも命令されない男。自分だけのモラルで動く男。金では動かぬ男」

「商売だ。金はもらう」

「どうでもいいけど、料金ってのはいくらなの？」

「引き受けた時に十万。見つければ、また十万。生きて連れて帰れば、さらに三十万。それに他府県まで足を延ばす場合は、プラス実費だ」

「犬の値段に関係なく？」

「そうだ」

「血統書つきの数百万の犬も、雑種も区別がないの？」

「犬は犬だ」

「ふーん、何だか理屈が合わないけど……それに、人を探すのでなく、犬それも猟犬だけを探す私立探偵なんて、聞いた事もなかった」

「俺もだ」

女はハンドバッグから小切手帳を取り出した。

「じゃあ、手付けの十万」

と言いながら、万年筆を手にした。男が使うような太軸のモンブランだった。女は組んだ足の上に小切手帳を開いて、さっとペンを走らせた。万年筆で字を書く女も、今どきはあまり見ないなと思った。

女は小切手を引き千切って、俺の方に滑らせた。流れるような筆跡で、金桂花と署名されていた。

「キン・ケイカ。美しい名前だ……キム・ケファと読むのかな」

女は、つと顔を上げて俺を見た。

「おどろいた。韓国語の素養があるのね」

「あるもんか……母親が韓国人だった。三十二の若さで亡くなったが」

女はさっと立ち上がった。思った通り背は高く、背筋をのばした姿は、組長の女というより、切れ者の秘書のように見えた。俺を見据えて言った。

「用があれば、口笛を吹くのよ」

『脱出』のローレン・バコールの台辞《せりふ》だ。

「犬が出てくる」

俺がつぶやくと、女は白い喉《のど》をのけぞらせて笑い。蠟人形を引き連れて出て行った。

十万円の小切手とハッカドロップの缶の蓋を残して消えた。

第五章　風　下

1

少女と犬が、芝生を転げまわって戯《たわむ》れていた。

十七歳と聞いていたが、一倉裕子は小柄《こがら》で、ぷっくりした頬の、童女のような娘だった。娘というより、やはり少女という方がしっくりする。犬は密生した黒い毛並みの美しい、雌のラブラドール・レトリーバーで、名をスワニーといった。

一倉家の広い庭は、秋の日をさんさんと浴びていた。ウールのシャツにジーンズ、素足の少女は、犬の首をかき寄せ、押し倒し、抱き合って転げまわり、跳ね起き、ゴムまりを摑んで投げた。犬は踊るように走り、まりを大きな口で柔かく嚙んできて、彼女の手に落とした。

少女は飽くこともなく、まりを何度も投げた。犬もまたその度に飛び上がって走り、木の蔭や花壇の中のまりを見つけてくわえてきた。少女は犬に短い号令をかけ、いきいきと動き、よく笑った。盲人とは思えなかった。

ビデオの画面が変わった。裕子はハーネスをつけたスワニーと共に坂道を歩いていた。アラン織りのセーターにコールテンのパンツ、スニーカー、左手でハーネスのハンドルを握り、右手にフルートのケースを持っていた。

なだらかな長い下り坂の歩道は、広壮な邸の塀《へい》に沿ってのびていた。家族の人数だけ車があるといわれる割には車の通行も少なく、盲導犬と人が歩いても、危険を感じない。

裕子の母、由紀が撮ったビデオの画像は、手ぶれもなくしっかりしていた。歩く裕子とスワニーの、前になり後ろになって撮っていた。

背景が町になった。行き交う人も車も俄《にわ》かに多くなって、盲導犬の仕事ぶりが素人目《しろうとめ》にも明らかになった。スワニーは、さりげない動きで水溜《みずた》まりや障害物をよけて、主人を誘導していた。裕子はためらいのない歩調で歩いていた。犬を信頼しきっているのだ。

信号のある交差点を横断する場面になった。車の流れが続く間、一般の歩行者と並んで歩道に立つ裕子の横顔に、不安の表情は見えなかった。信号が変わったとたん、スワニーは横断歩道を歩き出した。

黙々と働く盲導犬を笑顔で見送る人はあるが、奇異に見る人は少なかった。かなりの道を歩いた裕子とスワニーは、通りに面した楽器店の二階のフルート教室に入って行った。

カメラは、それを車道を距《へだ》てた反対側の歩道から撮っていた。裕子とスワニーの姿が教室の階段に消えた後、カメラはそのままゆっくりと右へパンして、楽器店に続く家並みを撮っていた。車道の端に停車している車の蔭になって、ところどころ切れぎれながらも、明るい商店が並んでいるのがわかった。

花屋、本屋、酒屋、果物屋と、洒落た感じの店が続いていた。その先に、最近出来たのだという大きなスーパーのビルボードが見えた。スーパーに荷を搬入するトラックや冷凍車が、専用のスペースに入りきれずに、車道にまで並んで順番を待っているのだそうだ。

次の画面は、裕子とスワニーがフルート教室の階段から出てくるところだった。同じようなケースをかかえた友だちと、笑顔で挨拶《あいさつ》を交わした裕子は、スワニーと一緒に、教室の前の公衆電話のボックスに入った。そこで画像がとぎれた。

数分後には到着するはずの、邸からの迎えの車に同乗するために、母親の由紀は撮影を中断して、少し離れた所の横断歩道を渡っていたのだ。

そして裕子が電話をかけ終え、由紀がボックスに着いた時、スワニーの姿はなかったというのだ。

2

「こういう事だったの」

金桂花が言った。

「うーむ」

俺は呻《うめ》いた。よりによって犬がいなくなる日にビデオを撮っていた事、撮影を中断した数分の間に事故が起こった事などの偶然に声もなかった。

由紀はそれまでにも何度か娘と盲導犬の行動を記録していたという。花屋に入り花を買い、喫茶店でひと時を過ごすところなどを撮ったそうだ。

視覚障害者と盲導犬には、厚生省や運輸省、また環境庁や公共機関の協力があって、種々の利便や特典が約束されていた。タクシーや電車、航空機の利用を認められていたし、商店や百貨店に犬を連れて入る事も出来た。飲食店やホテルも、厚生省の通達によって、盲導犬を拒《こば》めない事になっていた。

しかし現実には、それらはまだまだ滲透《しんとう》せず、盲導犬の入場を断られて困惑したり、不快な思いをする事もあるという。

金桂花は、視覚障害者、なかでも全盲の人が盲導犬を入手するための、一応の手順を話してくれた。

盲導犬を欲しがる全盲の人の、全てが犬を手に入れられるわけではない。理由は言うまでもなく、訓練された犬の数が少ない事だ。

盲導犬を育成し訓練する協会は、日本にもいくつかあるが、全て非営利の団体である。財政的には、自治体からの委託費や基金の収益金、そして一般からの寄付などで運営されていた。

希望者は自立心や体力などを問われ、協会の施設に合宿して、最短四週間の訓練を受ける。盲導犬の扱い方、犬との歩行技術、一般社会と接するマナーなどを指導される。そうして盲導犬を譲渡されるについて、協会に十五万円を納める。

一方、犬を繁殖し飼育するのもボランティアだ。飼育するには、有志が協会から盲導犬用の仔犬を預かって、一年間育てる。餌代《えさだい》や費用の一切は自弁である。時期が来て、協会から通知があれば、手塩にかけて育てた犬をただちに引き渡さなければならない。

また犬を育成し訓練する指導員は、三年間の養成期間と二年間のインターンを経て、審査の末、資格を得ることになる。寝食を共にして育成した犬を、ある日障害者に手渡すのだ。

いずれも、犬が好きだというだけで勤まる事ではない。精神的な充足感のほかは、報われるもののない仕事だった。

また協会は、盲導犬を譲渡できる視覚障害者の年齢を、十八歳以上と決めている。犬を使うについて必要な知力や体力を考えた上の基準だそうだ。因《ちな》みにアメリカでは、これを十七歳とか十六歳としている。

十七歳の裕子がどうして協会から犬をもらえたのか？　という単純な疑いを、俺も当然感じた。裕子が同じ年頃の健常者以上の知力、体力、自立心を備えた少女だというのもさることながら、何といっても一倉家は資産家であり有力者である。いろんな団体や施設への一倉の寄付は数えきれない。盲導犬協会もその恩恵を多分に受けていた。裕子は特例として扱われて、十六歳で訓練を受け、スワニーを入手したのだそうだ。

金桂花は、今日はほっそりした体にフィットしたツイードのスーツを着ていた。流行のデザイナー・ブランドのプレタポルテなど、身につける事のない女と思えた。蓋のついた小さな灰皿を持ってきていた。強面《こわもて》のボディガードたちは、車で待たされているのだろう。

窓ガラスに、夕焼け空が映っていた。桂花は二本目のキャメルを、持参の華奢《きゃしゃ》な灰皿に捻《ね》じこんで言った。

「バーボンを飲むには、いい時間ね」

俺は立っていって、グラスに指三本分のフォア・ローゼズを注ぎ、別のグラスに谷の湧き水を入れて出してやった。桂花はグラスをかかげ、琥珀《こはく》色の液を覗いてつぶやいた。

「指一本分、愛想がよくなった」

今日は酒をゆっくりと含《ふく》み、舌の上で転がして飲んだ。思い出したように言った。

ニック・ノルティが顔を出し、桂花に「時間です」と知らせた。

「口が利けるじゃあないか」

俺は言ってやった。

「忘れていったドロップの蓋、持って帰れよ」

桂花はバーボンを飲みほし、早くも露を浮かべたグラスの水を一口飲んだ。

「おいしい！」

と一言洩《も》らして、すっくと立ち上がった。

「そのビデオテープ、ダビングしたものだけど置いて帰るわ。名探偵のお役に立てばいいけど」

と言い残して、後をも見ずに帰って行った。

3

スワニーがいなくなった時から、裕子は人が変わってしまったと、その日金桂花が言った。裕子に限らず、一旦《いったん》盲導犬と暮らした全盲の人にとって、盲導犬は単なる愛犬ではなく、友であり、伴侶《はんりょ》であり、わが半身であり、人生の光ですらあるのだ。

裕子はすっかりふさぎこんで、怏々《おうおう》として日の下に出ようともしなくなったと前置きして、ビデオを見せたのだ。

桂花の話によると、盲導犬協会から犬をもらった者が、老衰や病気で犬を死なせると、二匹目を優先され、短期間のうちに次の犬が来るのだという。プライド料と称する、最初は十五万円だったものも、二度目は九万円になるそうだ。

だが裕子は次の犬を欲しがらないのだ、と桂花は言った。犬が死んだのなら諦《あきら》めもつく。だがわけもわからず、ふいと取り上げられた宝物を諦めるわけにはいかないのだろう。裕子にとっては、スワニーだけが犬だったのだと桂花は言った。ビデオを見た後は、俺にもそれが納得できた。

盲導犬の概念的な知識は桂花から得たが、俺は犬を目《ま》のあたりに見たいと思い、曽《かつ》て警察犬を扱っていた元麻薬捜査官の知人を介して、一人の女性と会った。盲導犬の訓練士を見習い中の十九歳の短大生だという。もちろんボランティアでやっているのだ。

阪急甲陽園からなお少し山手に走った所にあるその娘の住いは、広い庭のある大きな家だった。二階建ての住居と、その向こうに離れ屋があった。赤い屋根の別棟の方は、小さいがどこかウエストコースト風な洋館だった。

快晴の風の冷めたい朝で、ポプラの木から木の葉がさらさらと真横に飛び、黄色い蝶《ちょう》の群れが旅立って行くように見えた。

大須賀《おおすが》淳《じゅん》という名の娘は、栗色《くりいろ》の髪を束ねて無造作にゴム紐《ひも》でくくっていた。厚いコットンのシャツにウインドブレーカー、洗い晒《ざら》しのジーンズの脚が長い、よく育った少年のような人だった。

洗ったばかりのような化粧っ気のない顔に、会った瞬間、笑みが拡がった。娘の全てが一瞬に発露した笑顔だと、俺は思った。

その日は日曜日で、淳は協会から預かった犬を、自宅で訓練しているのだと言った。俺が、生きて動く盲導犬を目の前でつくづくと見たのは、これが最初だったと思う。

犬は薄茶色と白の体毛の、やさしい顔つきをしたラブラドール・レトリーバーだった。よく訓練されて、おどろくほどおとなしかった。淳と俺が庭の椅子に座って話す間、淳の足もとに寝そべって寛《くつろ》いでいた。

俺はジョーを車に残してきたが、たとえ鼻面をつき合わせても、犬は声一つあげないだろう。ジョーもまた、危急の時以外は吠《ほ》えることも争うこともない犬だった。

俺は猟野で働くラブラドールは見た事がある。レトリーバーというように、本来は撃ち落とした獲物や、半矢で逃げる鳥を追ってつかまえ、回収する猟犬である。大きな口で鳥を柔らかく嚙んで、獲物を損傷することなく主人に運ぶ。

密生した体毛を生かしてイバラの藪をくぐり、湿地を疾走し、薄氷を張ったような池にも平気で跳び込む。勇敢でしかも優美で、見ていて飽きない。人の言葉をよく理解し、非常に忠実である。

犬は飼主の目的に合わせて訓練されるのだから当然とはいえ、本来の猟犬としてのラブラドール・レトリーバーと、盲導犬としてのラブラドールは、あまりにも違った。

盲導犬と生活している人の機微を聞こうとして、俺が問いかける雑多な事に、淳は耳に柔らかな関西の言葉で答えてくれた。喜びや楽しみや苦労を話してもらったが、盲人に犬を引き渡す時の切なさは、何といっても深く大きいと言った。

ハーネスを着けて一旦人に渡した盲導犬には、その犬を育て訓練した者であっても手を触れる事は出来ないのだという。主人が誰なのか、犬が迷うからだそうだ。もう一度抱きしめてやりたいという衝動をこらえて、見送る時ほど辛《つら》い事はないとつぶやいた。

その時、離れの別館の方から、黒い犬を連れた人がゆっくりと歩いて近づいて来た。白と黒のバファロー・プレイドのジャケット、コットンの太い作業ズボンを着た、肩幅の広い老人だった。くしゃくしゃの麦藁《むぎわら》のような髪の下の、褐色の顔には刻んだような深い皺《しわ》が走っていた。犬は一目で老犬とわかるジャーマン・シェパードだった。ほんの少し足をひいていた。

「お早うございます。お祖父《じい》ちゃん」

淳が笑顔で挨拶した。

「お早う、ジューン」

俺は立ち上がって老人に会釈《えしゃく》した。

「おじいちゃん。竜門さんよ。盲導犬の事で訪ねて来《き》はったの」

淳がすり寄ってきたシェパードの首を抱いてやりながら、俺を紹介した。

「竜門卓と申します。初めておうかがいした者です」

老人は頷《うなず》き、手を出した。湿り気のない、かさりとした大きな手を俺は握った。労働者の手だと思った。

老人は犬と共に去って行った。

「おじいちゃんは、犬の散歩をかねて、朝夕ああして歩いてはるの。雨の日もレーンハットと合羽《かっぱ》だけで……太郎も雨を嫌がらないの。あぁ、太郎はあのシェパードの名前……」

俺は感じたままを言ってみた。

「バタ臭いというのか、どことなくアメリカ風な感じの人だなぁ」

「おじいちゃんは、カリフォルニアで四十年余り暮らしてた人よ」

「道理で……」

「わたしが盲導犬の訓練士になろうと考えはじめたのも、おじいちゃんの影響やと思う」

別館の方へ、ゆっくりと戻って行く老人を見送りながら淳が言った。

「よかったら、お祖父さんの事を少し話してもらえないかな」

初めて会ったその人の事を、もっと知りたいと思わせる人が稀《まれ》にいるものだ。

淳は、人を和ませる笑顔で、祖父の事を話し始めた。

「おじいちゃんは、わたしのゴッドファーザーなんよ。日本で六月に生まれたわたしを、幸せなジューン・ブライドになる子だと言って、淳と名付けるとアメリカから言ってきたの」

淳の祖父は十七歳で渡米、農園の労務者を振り出しに自分の人生を歩きだした。やがて永住権を得て、リチャードと名乗った。身を粉にして働き続けて、自らの農園を持つまでになった。リチャードは二十歳の時、写真一枚の見合いで一生の伴侶《はんりょ》となる人を決めて、日本から呼び寄せた女性と結婚した。二十一歳で長男をもうけた。淳の父親となる人である。

リチャードは無学だったが、人を見る洞察力《どうさつりょく》に秀《ひい》で、また時代の流れや景気を読む直感を備えていた。日米開戦を予知したリチャードは、妻と赤ん坊の長男を強引に帰国させた。強制収容所の屈辱と飢餓と苦痛に耐え抜く事が出来たのは、独り身だったお蔭だと後年話したという。

リチャードの妻、淳の祖母は息子を七歳になるまで育てた後、姉夫婦に息子を預けて、独りまたアメリカの夫のもとへ戻って行った。そして二度と日本に帰る事はなかった。彼女は今から十年前、ある朝突然襲った心臓の発作で倒れ、あっけなく亡くなった。リチャード六十歳の時の事だった。小なりとはいえ農園主として堅実に事業を営んでいたし、立志伝中の成功者のリチャードは、誠実な人柄を慕われて、アメリカ人を含む大勢の友人に囲まれていた。

何不自由なく暮らしていたが、ある時、突然全てを整理して、日本へ帰ってきた。実に四十年ぶりの日本だった。リチャードは現在の土地を買い、家を建てて長男夫妻や淳を住まわせ、自分は離れ屋に住んで、今の生活が始まった。それから九年の歳月が流れていた。

リチャードは壮年期には狩猟にも熱中し、シャープなハンターだった。だが五十歳になるとハンティングをやめた。代わりに猟犬や警察犬を飼育する道楽に転じた。その頃、盲導犬の訓練指導員の資格をとり、自ら育成した犬を何頭も世に送り出したりした。

今、彼と暮らす老シェパード太郎は、アメリカの協会で盲導犬の訓練を受けていた犬である。リチャードは日本へ帰る際、自分の犬の全てを処分したが、何故《なぜ》か協会からもらい受けたこの太郎だけを連れて来たのだそうだ。

淳は祖父リチャードの日常に接し、彼の話に耳を傾けるうちに、自分も訓練士をやりたいと思うようになったという。

「そういう事だったのか」

溜息《ためいき》と共に、俺は言葉を洩らした。

「リチャードさんと知りあいたいと思うが、近々、ウイスキーでも持ってうかがっても良いかね」

「おじいちゃんは喜ぶと思うわ。竜門さんとは気が合うんじゃあないかな」

「どうしてそう思う？」

淳はくすっと笑った。

「どちらも無愛想に見えて、気くばりのあるやさしいお人やから」

「わたしがか？」

「とぼけてもだめ。自分でもわかってるはずや……あ、それから、お酒はだめ。おじいちゃんに、お酒の話はしないでね」

第六章　苦い狩り

1

「探偵、しっかり聞いていてね。わたしのリンダが帰ってきたの。無事で」

金桂花の、珍しく弾んだ声がとび出てきた。リンダというのは桂花の愛犬の名だろうと思いながら、俺は受話器のテープを聞いていた。

「町の電柱に貼ったポスターを見た男が、拾った犬がお尋ねの犬に似ているようだと言ってきたの。若い男の声だった。男はおずおずと謝礼の事を確かめてきたわ。礼金の額は、ポスターにはあえて書かなかったの。高価な犬だとわかると、よそで売られてしまうかも知れないと考えてね」

桂花は喋り続けた。

「とりあえず、十万と言ってみた。男は迷っていたようだけど、犬と引きかえに現金で欲しいと言い、会う場所と時間を指定したわ。わたしひとりで会った。おどおどした素振りで現れた相手は、働きもしないで一日ぶらぶらしてるような若僧だった。リンダは私を見たとたん、若僧の手から飛び出してジャンプしたの。転がるように走って来て、わたしにとびついた……」

桂花の言葉が詰まった。留守番電話も、稀には良い話をする。

「探偵、あなたのお蔭よ。ありがとう。とりあえず報告だけ……」

そして、取ってつけたように言った。

「今度はわたしがバーボンをおごるわ」

俺は冷えたバドワイザーの瓶を開け、グラスに注いで飲んだ。二人の女……十七、八歳も齢《とし》の違う二人の女が、俺の頭の中を出たり入ったりしていた。犬泥棒《どろぼう》や、ごろつきや地上げ屋は俺に似合いだが、女には戸惑う。俺は二人を追い出して、ピシャリと頭の戸を閉めた。

金桂花が置いていったビデオテープを、もう一度見た。一倉家の邸の庭での、人と犬が文字通り一体となって遊ぶ前半の部分は、見るのが辛《つら》かった。テープを巻き戻して、後半だけ何度も見た、

ふと、引っかかるものがあって、テープを停めた。フルート教室の前の電話ボックスに寄りそって停車している保冷トラックが気になった。大きな箱形の車体の後ろ半分ほどが、電話ボックスと一緒に撮られている。

車道を距てて撮ったもので、車の斜め後ろからの画像だから、ナンバープレートの数字は、左右が圧縮されていて判読し難い。

こういう場合に、以前にも力を借りたビデオプロダクションがある。そこの若いオペレーターは、ビデオテープの一フレームを拡大しながら、圧縮された歪《ゆが》んだ画像を左右に引き戻して、正対した画像に近いものに苦もなくしてくれるのだ。とりあえず、保冷車のライセンス・ナンバーを知るために、俺はそのポストプロを訪ねる事にした。

盗まれた犬を探そうとする場合、いつも暗中模索から始まる。事件を解決できたケースでは、偶然の聞き込みや、ふとした思いつきが捜索の糸口となる。俺は考えるより、体を動かす方が得意だ。ビデオテープを摑んで立ち上がった。

「おい、仕事だ」

寝るのが得意の相棒に声をかけて、部屋を出た。

山の中の独り暮らしに俺は満足しているが、難を言えば、何処へ出向くにも時間がかかる事だ。ジェイムズ・ボンドのように、ジェット噴射機を背負って空を飛んで行く自分の姿を想像した。だがその時ジョーはどうするか。綱をつけて空中を走らせて行くか……俺は車を走らせながら、独り笑いしていた。

助手席で寝ているジョーの事に思いが及んだ。目もあかない仔犬の時からこいつを育て、寝食を共にしてほぼ五年になる。犬の齢の七倍が、人間の齢に相当するというから、こいつは人の三十五、六歳か。俺と似た齢といえる。

俺の山の山林で出会った時、こいつは靴の箱に入れて捨てられていた。小さな紙箱に詰められた五匹の仔のうち、四匹はすでに死んでいた。数時間遅ければ、こいつも死んでいただろう。俺はこいつを懐《ふところ》に入れて温めながら、連れて帰ったのだ。

強い生命力に恵まれていたのだろう。こいつは日一日と元気になり、目を見張る成長ぶりを見せた。氏も素姓もわからない雑種だが、名前くらいはつけてやろうと考えた。

靴箱の中にいたが、靴はなかった。だからというわけでもないが、シューレス・ジョーの名が浮かんだ。言うまでもなく、今や伝説のシカゴ・ホワイトソックスの名外野手〝シューレス〟ジョー・ジャクスンである。拾った犬は白いソックスも穿《は》いてなかったが、俺はジョーと名付けた。

日ごとに狼のような姿になるジョーを見ていて、こんな事ならジャック・ロンドンのようにホワイト・ファングとしてもよかったと思ったりしたが、それでは呼び難《にく》い。犬の名は強く短く呼ぶ場合と、遠い所から呼び寄せる時の両方を考えてつけるべきだ。

助けたつもりのこの犬に、俺は命を救われた事もある。ま、いずれにせよ俺とジョーは、この上なく似合いの一組みだと思っている。

二時間後、俺は一枚の写真を手にしていた。ビデオプロのオペレーターが、数字を引き伸ばしてくれたナンバープレートの写真だ。

俺は車から金桂花に電話した。何人かの組の男たちを経て、出て来た桂花に言った。

「スワニーのにおいの残った物が欲しい。俺の犬に覚えさせる」

「OK。由紀さんからもらってくる。すぐ届けさせるわ……何か、わかったの？」

「いや、まだだ。動いてみるきっかけを見つけただけだ」

「どういうこと？」

「まだ、何も言う事はない」

俺は電話を切った。

2

闇雲《やみくも》に投げた鉤《はり》に、何かがかかった。それも早かった。

俺はスワニーが消えた電話ボックスの、車道を距てた対岸に車を停めて張り込んでいた。ビデオに撮られていた保冷トラックが、またそこに現れるという当ては全くなかった。場所柄から、その先の大スーパーに出入する車ではないだろうかと考えただけだ。

キャビネサイズほどに伸ばした写真の、神戸88のライセンス・ナンバーの保冷車がやって来たのは、張り込みを始めたその翌日の午後だった。トラックの車体には、これという文字もマークもなかった。こういう車は、スピード違反、積荷の重量違反など日常の事だろうし、またそうしなければ稼《かせ》ぎにもならない。そういうとき、車体は目立つ特徴がない方がいいのだろう。個人の所有する車だと思えた。車輛《しゃりょう》持ち込みで、運送を請負う方法でやっているのだろう。

保冷車は車の列についていた。スーパーに生鮮食品や商品を納入したり搬出する車が集まって、順番を待ってこうして車道の端に列を作っているのだ。制服の似合わない初老のガードマンが、ヘルメットをかぶり赤色灯のついた長い筒を振って交通整理に走っていた。

俺は運転席で体を低くして、保冷車に注目していた。運転席の男は、四十前後の屈強な男のようだった。トラックが少しずつ進むのに合わせて、バックミラーの角度を変えて追っかけた。

スワニーを盗んだ者は、こうしていたのではないか、と俺は見ていた。裕子とスワニーを、バックミラーの捕虫網で捕えていたのだと。

犬の姿が忽然《こつぜん》と消えたのなら、それは犬を車に乗せてしまったのだと考えた。盲導犬はそうされても一声もあげず、逆らう事もなかっただろう。

保冷車が遠ざかって、ミラーでは見えなくなった。俺は車を動かしてUターンの出来る所まで行き、反対側車道に移って走った。保冷車を追い抜いて、スーパーの一般客用駐車場に入った。スーパーの建物と駐車場の間に、業務車専用の出入口があるのを見てとった。

俺は車を下りて、業務車用の広い通路や倉庫に裏口はないのを確かめた。スーパーに入り、ＤＰＥ屋で35ミリ、12枚撮りのフィルムを五本買ってレシートを受け取った。フィルムは買い置きもあるし、今必要なわけではなかったが、駐車場を使うには、スーパーで買い物をした事を示さなければならなかったからだ。俺は車の中から保冷車の出入を見張っていた。

例の保冷車が来て、入って行った。ナンバーが解っている場合、しかるべき所へ手を回して車の所有者を知る方法もあるが、当然借りを作ることになる。今は当の車をとらえているのだ。車を追って行く方が手っとり早いと考えた。冬の短い日が暮れかかっていた。

三、四十分待った時、保冷車が出てきた。早々とライトを点《つ》けていた。トラックは道路を横切って西へ向かって走り出した。俺は付かず離れずの距離を保って追って行った。トラックがこれからまだ仕事をするのか、何処まで走るつもりなのか解るはずもない。

仕事があれば昼夜を分かたず走るのだろう。俺は肚《はら》をくっていた。トラックにつき合って、行き着く所まで追うつもりだった。

トラックは芦屋《あしや》のスーパーから、JRや阪神電鉄の線路に沿った国道2号線を西へ、混《こ》み始めた車の流れに乗って動いて行った。元町《もとまち》を過ぎた辺りで右折して北に向かい、すぐまた左折した。すでに日は暮れていた。

急に暗くなった狭い道路を、トラックは速度を落としてゆっくりと進んで行った。古い木造家屋や、アパートかと思える安普請《やすぶしん》のコンクリートの建物が、新しい建造物と混じり合い、ひしめき合う一画となっていた。戦後直ぐに建てられた粗末な家並みと、その後てんでに切り売りされた寸土に、思い思いに建てた今様の建物が混在する雑然とした町だ。

閑静というよりも、お互いに自分の殻《から》に閉じこもって孤絶し、ひっそりと暮らしているように見える寂しい地区だった。こんな所に、こんな一画があったのかと意外に思った。たった今、三宮《さんのみや》、元町と繁華な町を通って来たばかりだったから、その落差はより大きく感じられた。

トラックは、フェンスで囲んだだけの月ぎめで借りる駐車場の一角に駐車した。左右の車がそれぞれ内側に寄って駐めた狭い隙間《すきま》に、トラックはたった一度のバックで車体を捩《ね》じ入れた。トラックの男の、車を扱う腕は確かだった。俺はライトを消した車を蔭に隠して停めて、男を見守った。

ずんぐりした体型の、背の低い男が下りてきた。スーパーで買物をしたのか、ビニールの袋をぶら下げていた。露地を入り、四階建ての鉄筋コンクリートの建物に歩いて行った。古い公営住宅か社員寮のような、夜目にもうらぶれた建物だった。

俺はジョーを車に残して下り、男をつけた。男は重い疲労を背負ったような足どりで歩き、建物の階段の一つに入った。一階の左の部屋の鉄のドアを開けて入って行った。俺は用ありげに階段を上がりながら、男が消えた部屋の名札と番号を盗み見た。三階の踊り場から後戻りして車に戻った。

「出番だ」と声をかけて、ジョーを車から出した。後部座席にたたんであるスワニーのブランケットを、もう一度嗅《か》がした。ジョーは辺りを嗅ぎ、すぐ歩きだして、迷う事なく男の部屋の前まで行った。ドアの下の隙間を嗅ぎ、俺を見上げた。俺は黙ってジョーの首を叩き、車に引き返した。

車から金桂花に電話した。

「竜門だ。スワニーがいると思える場所をつきとめた」

トラックの男の住いの場所と、部屋のナンバー、名札の名を告げた。保冷車のナンバーも伝えた。

「犬はまず間違いなくいる。俺はこれから男に会う。どんな相手かわからないが、調べている暇がない。今から一時間経《た》っても連絡がなければ、手の者に踏み込ませてくれ。いいか、待機して一時間待つ。それまでは手を出すなよ」

「わかった。気の利いたのを二、三人連れて、わたしが現場へ行く。気をつけて、探偵」

桂花は自分の車の電話番号を、俺に書きとめさせた。こういう時の桂花は無駄口《むだぐち》一つ叩かず、キビキビとして頼もしい。

3

表札がわりの紙の名札には、ボールペンで川谷軍三と書かれていた。俺は拳の背で軽く戸を叩いた。ちょっと待って、今度は少し強く叩いて「川谷さん」と声をかけた。

たった今までの談笑の跡を顔に刻んだまま、男がドアを開けた。トラックの男だった。俺の顔を見上げ、ジョーを見おろして、笑みが硬直した。俺は言った。

「竜門という者です。犬を探す仕事をしている」

凍りついた男の顔に、大槌が打たれた。無数の亀裂《きれつ》が走ったように見えた。男は黙って頷き、つっかけ草履に足をのばして表に出ようとした。俺は手ぶりで男をとめた。

「先ず、犬の姿を見たい」

「犬はいます」

と男は言い、奥の部屋に視線を走らせた。

「逃げも隠れもせん。娘に聞かせとないんで」

奥からのラジオの音と、人の声が聞こえていた。

「此処でいい。大きな声を出す事はない」

と俺は言った。男はちょっとためらった上で、

「ほなら、まぁ、上がってくれまっか」

と俺を招じ入れた。

俺はジョーを玄関のたたきに残して、靴を脱いで部屋に上がった。ダイニング・キッチンのような小さな板の間で、雑然と散らかっていた。二間のアパートと見た。

男は椅子の上の物を払い落として、俺の席を作った。奥の部屋との境のふすまを少し開けて言った。

「ハナ、お客さんやから、そのお寿司《すし》先に食べといて」

「ハーイ」と答える幼くやさしい声がした。

「すんまへん、ちょっと待ってくれますか」

男は言いながら、湯気を噴き上げているやかんから湯を注いで、インスタントのみそ汁を作って奥の部屋へ運んだ。ふすまを開け閉めする時、束の間だが、赤いセーターを着た少女と黒い犬の姿が見えた。

男は「待たせまして」と言いながら、俺の前に座った。

「あの子には、犬は知りあいから貰《もろ》てきたんやと言うてますんで」

とつぶやくように言った。

「川谷軍三さんですね」

「川谷です」

「娘さんと二人暮らし？」

「はぁ、二年前に女房なくしましてな」

隣の部屋からの声は、娘が犬に話しかけているものだろう。

川谷は頭の禿《は》げかかった四十半ばの働き盛りの男に見えた。一見いかついが、人の好《よ》さもうかがえる顔が、緊張に引きつっていた。

「失礼だが、娘さんは目が？」

「何の因果か、生まれながらの……」

「それで盲導犬を？」

「へぇ……悪いとは百も承知で」

「娘さんは、いくつです？」

「十六になったとこですねん」

俺は、盲導犬協会のことを知っているかと訊ねた。もちろん知っている、盲導犬を貰いたいと願い出たが、十八歳以上でなければと断られた、と川谷はこたえた。女房に死なれてからは、全盲の娘を独り部屋に残して働きに出る日々だと言った。

三年ほど前、借金して保冷トラックを買った。運送業の資格も取った。運送会社で働いていたときのお得意がそのままついて、仕事に困る事はないという。手を抜くことなく真面目《まじめ》に働き、信用されていると話した。俺はそれを信じた。

ただ心配は、独りで部屋に籠《こも》ったきりの娘の事だ。娘は白杖《はくじょう》を使って歩行をうまくこなせず、町へ出ようとしなくなっていたのだそうだ。

盗んだ犬とお嬢さんは、あの辺りで時々見かけていたと言った。盲導犬と一緒だと、あんなに生き生きと歩けるのかと見とれていた。娘にあんな犬を与えてやる事が出来れば……と考え、矢も楯《たて》もたまらず欲しくなったのだ、と川谷は述懐した。

「それで、娘さんは喜んでいるのかね」

「顔つきが変わるほど明るくなった。ああして、片時も離さんで遊んでますんや」

「だが外へは出られない」

「そうでんねん。盲導犬の使い方知らんし、十六では教えてもらえんし」

「盲導犬はペットではない。それじゃあ、犬も可哀想《かわいそう》だ」

「よう解っとります」

「犬は肥満するだけで、早く弱るだろうし病気にもなる。それに、何よりも犬を盗《と》られた娘さんの方は、あの日からすっかり塞《ふさ》ぎ込んでしまった。あの犬だけが、彼女の全てだった」

川谷は皮膚の厚い顔を歪めて「あぁー」というような呻きを洩らした。

「娘さんには気の毒だが、犬は連れて帰る。あんたの事情を話して、追及しないように持ち主の方に頼んでみる」

川谷の切り口のような細い目が、涙を溜めていた。

「盗み働いて、そんな事で済む思《おも》てまへんけど、わしがブタ箱へ入ったら、ハナは……」

「ハナさんは、犬を何と呼んでる？」

「何故《なんで》か、メリーちゃん、メリーちゃん言うて……勝手に名前つけて」

「わたしのことを保健所か何かの男だと言うんだ。メリーは狂犬病の注射を済ませていなかったので、注射をしに連れて行くとでも言ってくれ」

川谷は大きく頷きながら、頭を下げた。

「わたしに考えがある。うまくいけば、ハナさんに盲導犬の扱い方を教えてあげられるかもしれない」

「本当《ほんと》ですか。そ、そんな事が出来たら……そやけど、訓練受けたからいうて、協会は犬くれまへんやろな」

「それは別の問題だ。さ、犬をもらって行く」

川谷はハナに言い聞かせてくると言って、奥の部屋へ入った。俺は靴を履いて、待っていた。やがて、身を屈《かが》めてスワニーの首を抱いた少女が、川谷に背を押されて出てきた。川谷は片手にハーネスを持っていた。

少女はまるまると肥《ふと》っていた。スワニーも、運動不足で腹をたるませていた。俺は玄関につっ立って言った。

「今晩は、ハナさん。メリーを預かって行くよ」

少女は、はっと俺に顔を向けた。

「いやや。メリー連れて行かんといて、おっちゃん」

川谷が「すんまへん、聞きわけのうて」と言いながら、スワニーを娘の手からもぎ取って俺に押し出した。玄関の狭いたたきで、二頭の犬が鼻をつき合わせた。

「スワニー、カム!」

俺は淳から教わった盲導犬用語を使った。スワニーは自信なげな目で俺を見上げた。急変する状況に対応しきれず、混乱し、誰を信じていいのか判断しかねていた。

娘を強く抱き寄せた川谷が、俺にハーネスを押しつけた。俺は少女を見た。少女の目から涙が一筋流れ、つやつやした頬を滑って落ちた。

外は師走《しわす》のはしりの風が吹いていた。二頭の犬を連れた俺に、車のライトが浴《あび》せられた。車から金桂花と三人の男が下りて来た。俺はスワニーとハーネスを桂花に引き渡した。

「川谷という男には、構わないでおいてやってくれ、一倉の方にも、犬を盗んだ者の名はわからないと言ってほしい。俺の頼みだ」

「わかった。とにかく、ありがとう。一刻も早く、スワニーを届けてやる。また、詳しい話を聞きに行くわ」

俺はジョーと車に乗り込んで言った。

「スワニーは再調整しなければ使えないと思う。だがその前に、ゆっくり休ませる必要がある」

「あなたもね、ミスター・マーロー」

第七章　雪の狩人《かりゅうど》

1

北摂の山にこの冬最初の雪がちらついた日、俺は甲陽園の大須賀家を訪問していた。離れの小さな洋館の居間で、リチャードと会っていた。薪《まき》でも木っ端《こっぱ》でも、何でも燃やしてしまうストーブが、機嫌よく火と熱を放散し、太郎もジョーも床に寝そべって、伸ばした前肢《まえあし》の間に顔をのせて、まどろんでいた。

二杯目のコーヒーをすすりながら、黙って俺の話を聞いていたリチャードが言った。

「ＯＫ、やってみる」

「本当ですか！　ありがとうございます」

俺は心から礼を言った。

俺はスワニーの事件のいきさつと、犬を盗んだ川谷の事情を話したのだ。リチャードに相談したのは、リチャードと太郎で、ハナに歩行訓練をしてやってもらえないだろうか、盲導犬との暮らし方を教えてもらえないだろうかという願いだった。

　リチャードも太郎も老齢である。退役して久しい。体力的にも負担をかける事になる。俺の頓狂《とんきょう》な頼みを引き受けるメリットは何もない。断られて当然と、俺は覚悟していた。リチャードは、それを事もなげに快く引き受けてくれたのだ。

　此処を訪れた最初の日、淳がおじいちゃんと貴方《あなた》は気が合うと思うと言ったが、会うのはまだ三度目なのに、俺はリチャードが十年の知己《ちき》のように思えてならなかった。またリチャードがこの俺を気に入ってくれたようなのも、不思議な事だった。

「四週間、犬と一緒に暮らしながらの訓練になる。その子を預かろう。此処へ連れておいで」

「あの子にとって、最良の四週間になるでしょう。今夜、父親に電話してやります……でもリチャードさん、貴方の体にずいぶん負担をかける事になりますが」

「なに、ジューンが世話をやくだろう。ジューンはボランティアのために生まれてきたような娘だ」

「淳さんは素晴しい人です。周りのもの全てを幸せにする、生まれながらの美徳を持った女性です」

「おい、卓。神戸のその娘、何と言った？」

「ハナです。川谷ハナ」

「太郎とハナか。いいじゃあないか」

俺はリチャード手製のサンドイッチを御馳走《ごちそう》になった。干しぶどうの入った黒い固いパンに、チェリースモークしたカモの肉とチーズが挟んであった。熱い紅茶とよく冷えたプラムジュース。こんな美味《うま》い昼めしを食ったのは、久しぶりの事だった。ジョーは同じものをガツガツと貪《むさぼ》り食い、日頃の粗食を暴露した。

俺はかねがね不審に思っていた事を聞いてみた。

「リチャードさん。妙な事を聞きますが、貴方が帰国する際、犬を一頭連れて帰るのに、何故《なぜ》太郎を選んだのですか」

「こいつがミスフィットだったからだ」

「交通事故にあってから、車を怖がるようになった事は聞いてます」

「ドロップアウトした者同士でやっていこうとしたのさ」

「貴方が落伍者《らくごしゃ》ですって？」

「あぁ、一時期、わしはアル中だった……四十年連れそった婆さんに先立たれて、わしは不意に深い穴に落ち込んだ。穴の底で、全てが空《むな》しかったと思いはじめた」

リチャードは燃えさかるストーブの火を見つめながら話していた。

「情ない話だが、酒に溺《おぼ》れた……そんな生活から何とか脱け出そうとして、もう二度と帰ることはないと思っていた日本へ帰って来たんだ」

淳が「おじいちゃんに、お酒の話はだめ」と言っていたのは、こういう事だったのだ。

「落ちこぼれの老人と落ちこぼれの盲導犬が、助け合ってきたというわけだ」

リチャードが俺を見た。波瀾《はらん》の人生を越えてきた人に、今は凪《な》ぎのような穏やかさがあった。

「落ちこぼれたなんて、とてもそのようには見えませんが」

「克服したのさ、わしも太郎も」

2

スワニーの失踪事件は、意外に簡単にけりがついた。盗まれた犬を無事に回収したケースにしては、苦労が少なかった。解決に伴う満足感もなかった。盗まれたものを見つけて、取り返すという当然の事をしたのに、心は晴れなかった。むしろ、何か良くない事、非道な事をしたような咎《とが》めが残った。

見えない目から涙を流した少女の顔が、俺にはこたえた。だがハナは今、リチャードと太郎に手ほどきされて、盲導犬との歩行技術を基礎から教わっているはずだった。

淳の話によると、リチャードはこの仕事で少し若返ったようだという。昔取った杵柄《きねづか》の腕はさすがに確かで、見ているだけで学ぶ事が多いと言った。太郎もまた、衰えた体力をふりしぼって、曽《かつ》ての習練のほどを発揮しているということだった。

リチャードや太郎の技術を、本場仕込みとでもいうのだろうか。そもそも、わが国での盲導犬についての全てのシステムは、アメリカのそれを見習ったものなのだ。

一方、一倉家の方は、季節に逆行して春の陽光が甦り、家族までが明るさを取り戻したと、金桂花が知らせてきた。スワニーが帰った日から二週間ほど経って、犬を連れた裕子がまたフルート教室に通いだしたという。しかも今度は迎えの車を呼ばず、帰りの上り坂も歩こうとしていると言ってきた。その健気さには、俺もおどろいた。

スワニーを取り戻した翌日、桂花は八年物のワイルド・ターキー二本と、捜査料の残額を現金で持って来た。それとは別に、かなりの厚みの金の包みを「一倉さんからのお礼の印しよ」と差し出した。俺はそれを受け取らなかった。

「俺は料金を自分で決めて、仕事をしている。決めた事をやって、決めた金を取るプロだ。ボーナスはない」

と断った。

「サラリーマンじゃあない、ってわけね。変な理屈ね」

と桂花は言いながら、金包みをバッグに投げ入れた。

「でもこのお金、一倉の方では使途不明金か何かで処理しちまってるわ。行きどころのないお金になるわね」

「なら、盲導犬協会に寄付してやってくれ」

桂花は、事件解決のいきさつを聞きたがって、目を輝かせていたが、俺は「企業秘密だ」とだけ答えた。自慢するほどの名推理も冒険もなかっただけだ。

「ますます謎《なぞ》めいて、わたしの好みよ」

桂花が、ひたと俺を見つめた。俺の下腹に、どきんと衝撃が走った。

クリスマスの十日ほど前の寒い日、不幸が起こった。老シェパードの太郎が死んだと、淳が知らせてきたのだ。天寿を全うした、眠るような死だったという。

俺は甲陽園へ走った。俺が頼んだ事が、老犬の命を縮めたのではなかったのか、と気になった。大須賀家に着いた時、太郎はリチャードの館の庭に埋葬され、ハナは父親に引きとられて帰った後だった。

ハナは全身全霊を傾けて歩行技術を習い、四週間に満たない短期間でほぼ習得しおえたそうだ。太郎の亡骸《なきがら》にとりすがって泣いたという。あのいたいけな少女を見舞う運命にしては、あまりに苛酷ではないかと俺は神に毒づいた。

川谷軍三は、この子にとって母親が死んでからこんなに生き生きと暮らせた日々はありませんでしたと、顔をくしゃくしゃに崩して泣き笑いし、何度も何度も頭を下げてハナを連れて帰って行ったという。

淳は涙の涸《か》れたような腫《は》れぼったい目に笑みを見せて、休暇が終ったからと言って、京都の協会へ車を運転して帰って行った。

リチャードは、太郎は盲導犬として死ねたのだ、本望だっただろうと言った。

「卓、お前さんなら承知してるだろうが、犬の一生は人よりもはるかに短い。犬を飼い続けるという事は、犬のいくつかの生と死を見つめ、見送る事になる」

「はい」

「人は犬の命の輝きと、避け難い終焉《しゅうえん》を、自分の人生に照射しつつ暮らす事になる」

「はい。わたしもそう思っています」

木々は葉を落としきっていた。雪を予告するような空に、二羽のカモが首をつき出したシルエットで飛んで行った。

「卓、ビールで一杯やろう」

だしぬけにリチャードが言った。

「えっ、いいんですか」

「一仕事終えたんだ」

あのストーブのそばで、二人は英国産のスタウトをジョッキに一杯ずつ飲んだ。リチャードを気遣う俺の表情に気づいた彼が言った。

「克服したと言ったろう。飲むべき時に飲んで、決めた量でやめる。これが出来なければアルコール依存症に勝ったとはいえん。酒に目を背けて暮らすのは、自信がないからだ」

「はぁ、そういうもんですか」

濃い黒ビールに慣れないせいか、俺は少し陶然としてきた。リチャードは、それを見抜いていた。

「卓、十分に酔いをさまして車に乗るんだぞ」

この老人には「はい」という返事しか出来なかった。

3

クリスマス・イブは雪だった。神戸の町は、昔見たアメリカ映画のシーンのように美しかった。何百もの電球できらびやかに飾られた巨大なツリー、セールで賑《にぎ》わう明るい商店街、クリスマスカロルの甘いメロディー、そして画竜点睛《がりょうてんせい》の雪……。

雪と夜の闇《やみ》が、都会の汚濁《おだく》を隠していた。メーンストリートは渋滞し、交通規制している所もあった。俺はやっと見つけた元町の駐車場に車を入れて、黒い二頭の犬と共に下りた。ジョーと、アメリカから来た盲導犬である。

俺は新しいハーネスを入れた箱をかかえ、引き綱をつけない二頭を連れて歩いた。盲導犬は歩行訓練を終えたばかりの一歳半のラブラドール・レトリーバーである。アンズ形のやさしい目をした、引きしまった体型の黒い若犬だ。

俺はリチャードに懇望して、アメリカからこの犬を取り寄せてもらったのだ。リチャードは、数十頭の大型犬を飼育し、繁殖と訓練を職業としている友人に事情を話し、一頭を譲り受けてくれたのだ。もちろん金は払った。スワニーの事件で得た収入の全てを費やしても、なお足らなかった。

俺はトアロードの明るい花屋の前で足を停めた。気まぐれに花を買った。紫色のランの一種とカスミ草を花束にしてもらった。「プレゼントですね」と言いながら銀色のリボンで飾ってくれていた店の娘が、入口の二頭の犬に気づいて喚声をあげた。

「わっ、すっごい。真っ黒な犬。二匹ともお客さんの犬ですか」

「いや。俺が好きだと言ってついて来る宿なし犬だ」

「嘘《うそ》ばっかり」

俺はふと思いついて言った。

「お嬢さん、このやさしい顔の方の犬の首に、そのリボンを巻いてやってもらえないか」

ハイ、ハイ……でもこちらのウルフの方も飾ってあげないとねと言いながら、娘はジョーを怖がる風もなくリボンを巻き、蝶結びにした。やめてくれと叫んでいるジョーの声が聞こえそうだった。

「メリー・クリスマス」と言う店の娘の声を背に、俺はまた雪の町へ出た。二頭の犬を左右に従えて、ハーネスの箱と花束を持って、雪の中を歩いて行った。花束やリボンの似合わないのは、誰よりも俺自身だ。

商店街が流す、ボリュームを上げた「ホワイト・クリスマス」が遠ざかり、聞こえなくなった。何処かの教会からの鐘の音が聞こえた。

やがて全てが聞こえなくなり、暗い家並みの一画となった。犬の柔らかな足の裏は音も立てず、俺のビブラム・ラグ・ソールの靴底が踏みしめる雪の軋《きし》みが聞こえるだけだった。黒いコートの俺の肩にも、黒い犬の体にも雪が積もった。

人の姿もない暗い道を歩きながら、俺は声に出して独り言を言っていた。これから言う口上をとちらないよう、何度も練習していた。

「ハナさん。これがメリーだ。セント・メリーという名なんだ。今夜からハナさんの家族になる。面倒みてやってくれるね……」

あとがき

これは一昨年（一九九一）五月、山本周五郎賞を受賞した以後の作品集である。

〝男の贈りもの〟を共通する主題とした。

誇り高き男の、含羞《がんしゆう》をこめた有形、無形の贈りもの――というテーマでは、今後とも書きたいと思っている。

一九九三年六月、稲見一良

解説

東《あづま》えりか
（書評家）

「この作家、何て読むんだろう」

表紙の絵に魅《ひ》かれて初めてこの本を手に取った人の多くは、きっとそう思う。

作家の名は「いなみいつら」。本名である。彼の残した数少ないエッセイ集の一冊『帖《たとう》の紐《ひも》』（中央公論社）に収録された「色の名前」によると自分の名前についてこう語っている。

――さて一転して、美しくも床しくもないぼくの名前についてひと言。一良と書いてイツラと読ませようと命名したのは父だったのか母なのか、今はもう聞くすべもない。別に不満はないが、黙ってこれをイツラと読んでくれた人は一人もいない。この妙な名に、人はいったいどんなイメージをもたれるかしら。

別の項「くたばれペットブーム」ではこうも言っている。

――十日間ほど内科に入院して来たのだが、最初の日、ベッドに名札のカードをつけに来た中年の看護婦さんが、名前を見ながらにこやかに「イナミ　ヒトラさんですね」と言った。

とうとう、ぼくはヒトラーになった、と嘆くエピソードも、真面目そうな作家の風貌を思い浮かべると可笑《おか》しくなってしまう。

ただ私はこの滅多にない名前の作家を決して忘れることは出来ない。

稲見さんがこの世を去ったのは一九九四年二月のことだ。没後二四年にもなるのか、と改めて月日の経つ早さを想う。

本格的な小説家デビューは一九八九年の『ダブルオー・バック』（大陸書房のちに新潮文庫）で、五八歳という遅咲きだ。それまでは記録映画やテレビCMのプロデューサーとして活躍していたが、肝臓癌を宣告されたことで作家デビューを決意する。第一作目がハードボイルド作家の重鎮、生島治郎《いくしまじろう》さんに認められ、本の帯に彼の言葉が使われたことにより、当時隆盛の冒険小説系の読者が飛びついた。評論家たちもこぞって褒《ほ》めた。「狩猟へのこだわりぶりが強烈で、その対象にこちらが関心あろうがなかろうが、お構いなく圧倒して来る」（新保博久《しんぽひろひさ》氏）、「ハンティング小説の書き手が少ないだけに、今後の展開に期待したい」（北上次郎《きたがみじろう》氏）などの言葉が嬉しかったと二作目の『ソー・ザップ！』（大陸書房のちに角川文庫）のあとがきに書いている。

当時、私はハードボイルド作家として人気を博していた北方謙三《きたかたけんぞう》さんの事務所で秘書として数年が経っていた頃で、文章はまだ書いていない。生島さんから送られてきた本を北方ボスより先に読んでしまったことを覚えている。

鮮烈だった。秘書になる前はまったく興味のなかったハードボイルドというジャンル、それも何の知識もない銃や猟の世界がどーんと私の身体に飛び込んできたような気がした。

——体ごと押し入るようにして藪《やぶ》をつっきる男の後ろ姿から、昨夜のバーボンの澱《おり》が臭《にお》った。枝をよけも払いもせず、肩や胸でへし折って行く男の強引な進み方を、女は冷ややかに見ながらついていった。犬について先行している案内猟師が、ふりむいて目と指で〝静かに〟とサインした。

『ダブルオー・バック』の冒頭だ。この後も〈だった〉〈した〉という語尾の短い文章が続く。畳み掛けるような鋭いセンテンスが緊張感を煽《あお》る。文体そのものがハードボイルドであり、まぎれもなく大人の小説だ、と思ったのだ。

その後、一九九一年『ダック・コール』（早川書房のちにハヤカワ文庫）で第四回山本周五郎賞、第十回日本冒険小説協会大賞最優秀短編賞を受賞する。

この山本周五郎賞受賞には興味深いエピソードがある。稲見一良作品とは直接関係ないのだが、少しだけ紹介したい。

　このころ山本周五郎賞は選考会の全記録を「小説新潮」誌上に掲載していた。選考委員は藤沢周平《ふじさわしゅうへい》さん、田辺聖子《たなべせいこ》さん、井上《いのうえ》ひさしさん、山口瞳《やまぐちひとみ》さん、野坂昭如《のさかあきゆき》さんという錚々《そうそう》たる大家たちだ。候補になっていたのは小池真理子《こいけまりこ》さん『無伴奏』、宮城谷昌光《みやぎたにまさみつ》さん『天空の舟』、安部龍太郎《あべりゅうたろう》さん『血の日本史』、稲見一良さん『ダック・コール』、中島《なかじま》らもさん『今夜、すべてのバーで』であった。

　各選考委員はそれぞれの作品に最高点五点として点数を入れていく。自分の点数の意味を語り、最後には五人の点数の和で受賞者を決める方式であった。

　ここにひとり傍若無人な作家がいた。野坂昭如さんだ。彼はアルコール依存症を経験した者として、中島らもさんにどうしても受賞させたかった。そこで彼は中島さんと稲見さん以外の作家の作品を〇点にしたのだ。稲見さんに点を付けたのは密猟とか密輪が好きだからだという。「この方が受賞することに特に反対はない」と言いながら、二人が同点となったときには、他の選考委員へ強烈なアピールをしたため反感を買ってしまったようなのだ。その結果、決選投票では稲見さんに軍配が上がった。この方式、大変面白いが、俎上《そじょう》に載った作家たちの気持ちを思うと、たまったものではないだろう。

　どんな経緯とはいえ、三作目の小説で第四回山本周五郎賞を手にした稲見一良という作家は多くの人の知るところとなった。遅咲きではあるが先の楽しみな作家として読者は作品を待ち望めばよかったはずだ。だが病魔は許してはくれなかった。

一九九四年二月、小説七冊、エッセイを二冊、わずか九冊の著作を残して稲見さんは没した。享年六三。

遺稿集として出版された『花見川のハック』（角川書店）の文庫版の巻末に「稲見さんのこと」という最後の日々を伴走した担当編集者の一文がある。二月二四日に旅立つ前の一四日まで原稿を書き、臨終の直前まで「野性時代」三月号に掲載された「煙」という作品を読んで聴かせてほしいと娘さんに懇願していたそうだ。他の誰よりも稲見一良の死を惜しんでいたのは彼自身だったと思わせる。

さて本書『セント・メリーのリボン』は四冊目の小説集である。山本周五郎賞受賞後の作品を集めた短編集であり、あとがきには〝男の贈りもの〟を共通する主題とした、と書かれている。

第一作目「焚火《たきび》」は林の中を追手から逃げた〝おれ〟を見知らぬ老人が助ける物語。男が男を見極めるのは一瞬でいい、という鮮やかさが胸にしみる。

第二作目の「花見川の要塞《ようさい》」は稲見さんが長年住んでいた千葉の花見川そばにあった軍用鉄道跡がみせたファンタジックな作品。

続く「麦畑のミッション」は第二次世界大戦のヨーロッパ戦線を舞台にした作品で爆撃機に同乗した仲間を助けるために彼らが取った行動を描く。日本人は一人も出てこない。極限状態の人間心理を描ききった著者の筆力に感嘆するばかりだ。

第四作目の「終着駅」は東京駅で働く赤帽さんにスポットを当てる。先に紹介したエッセイ集『帖の紐』の「赤帽の話」では、東京駅での最古参、三四年もの経験を持つYさんに話を聞いている。赤レンガの地下道をYさんと共に歩く稲見さんの思いが凝縮された作品だ。

そして表題作である「セント・メリーのリボン」は後にシリーズ化される猟犬探偵の竜門卓が登場する。大阪府の西北の端に位置する広大な山林に山小屋を構える竜門は、相棒の犬ジョーと失踪した猟犬を捜索するという仕事についている。ある日、盲導犬が盗まれるという事件が持ち込まれ、竜門とジョーは追跡を開始する。猟犬とは違う意味で人間のパートナーとして働く盲導犬がどれほど重要なのかを浮かび上がらせてくれるのだ。

この作品についても『帖の紐』の「盲導犬を思う」でこう語る。

――盲導犬はペットではない。ペットという言葉ににおう甘ったれた、胡散《うさん》臭いいやらしさは微塵もない。

この作品が書かれた一九九三年当時、盲導犬の理解はまだ薄かっただろう。猟犬として育種されたラブラドール・レトリーバーがなぜ盲導犬として適しているのか、彼なりの考えが書かれている。

『セント・メリーのリボン』（新潮社）は一九九三年六月に単行本が発売され、一九九六年一月に文庫化された。竜門卓のシリーズ続編である『猟犬探偵』（新潮社）は一九九四年発売。一九九七年に文庫化された。評価は高かったものの、亡くなっている作家は忘れ去られるのが早い。毎年大量にデビューする新人作家や、魅力的な新作が量産されるなかで、いつのまにか稲見一良も忘れ去られた作家になっていった。

ここでささやかな自慢話に付き合っていただきたい。二〇〇五年の春ごろのことだった。旧《ふる》くからの知り合いである光文社の文庫編集者から連絡をもらった。今は話題に上らなくなったが、これは名作だと思う作品を文庫にしたいと思うので、何冊か推薦してくれないか、という依頼だった。まだ北方事務所で秘書をしていた私は、仕事ではなく純粋に読者として「もう一度読みたい作品」を何冊かあげた。その中に『セント・メリーのリボン』が入っていた。

農作物などへの猪や鹿の被害が伝えられ始めていたころであり、『盲導犬クイールの一生』がテレビドラマ化や映画化によって多くの人の感動を得ていたので、発売当時より多くの人に喜んでもらえるのではないかと思ったからだ。

予想は的中した。一二年前に亡くなった作家の地味な短編小説集は受けた。その証拠に読者投票でその年に発売された小説の文庫の年間ベストを決める『この文庫がすごい！』二〇〇六年版（宝島社）で見事第二位となったのだ。

幸運は続いた。二〇一一年には人気漫画家、谷口ジローさんによって「セント・メリーのリボン」は漫画化された。言うまでもないことだが、谷口ジローさんといえばテレビのシリーズ化が続く『孤独のグルメ』や第三七回小学館漫画賞審査員特別賞を受賞した『犬を飼う』、夢枕獏《ゆめまくらばく》さん原作の『神々《かみがみ》の山嶺《いただき》』など多くの名作の作者だ。今回この文庫を手に取った人の多くは谷口さんのカバー装画に魅かれたためだろう。

漫画化された単行本のあとがきにはこう記されている。

――〝いつか機会があれば〟と、私の意識の片隅には、いつも稲見さんの作品があった。正直、稲見さんの描く作品世界のキャラクターやその生き方は、私の性格の中にはないものだけに、憧れがあった。自然に対する深い敬いや畏れなど、私が辺境で自然と共に生きる人々へ抱く尊敬の念にも似た憧れの気持ちを物語りにして見せてくれる。

『セント・メリーのリボン』という小説は再度、命を吹き込まれた。漫画を読んだ人が今度は小説に戻ってきたのだ。谷口さんは時代性などを考慮し、多少のアレンジを加え現代でも通用する作品としてくれた。それは原作の魅力を損なうことなく、更にパワーアップした物語になっていた。続編の『猟犬探偵』の漫画化もしかりである。

残念なことに、谷口ジローさんも二〇一七年二月に六九歳という若さで亡くなってしまった。生前、一度も顔を合わせることのなかった稲見さんと谷口さんは向こうの世界で「やあやあ」と握手をしているのではないだろうか。せめてファンである私たちは両方の作品を読んで、語り継いでいきたいものだと思っている。

一九九六年二月　新潮文庫刊
二〇〇六年三月　光文社文庫刊

光文社文庫

セント・メリーのリボン　新装版
著者　稲《いな》見《み》一《いつ》良《ら》

2018年6月20日　初版1刷発行

発行者　鈴木広和
印刷　堀内印刷
製本　榎本製本

発行所　株式会社　光文社
〒112-8011　東京都文京区音羽1-16-6
電話（03）5395-8149　編集部
8116　書籍販売部
8125　業務部

ISBN978-4-334-77672-5　Printed in Japan

組版　萩原印刷